徳間文庫

穴屋でございます

幽霊の耳たぶに穴

風野真知雄

目次

第一話　あの世の唄

一

秋が深まりつつある。江戸も地面のほうはずいぶんごちゃごちゃしているが、天は抜けるほどに高い。

風はない。真っ青な空の中央に、雲が固まったように動かないでいる。

ここは本所緑町にある通称「夜鳴長屋」。夜になるとがたごと動き出す輩《やから》が多いため、いつしかそう呼ばれるようになった。

名前だけ聞くといかにも不穏な感じだが、しかしこの長屋はたたずまいがきれいなことでも、このあたりで噂《うわさ》になるくらいである。住人の一人でお面屋という変わった商売を営む男が、植木や盆栽が好きで、長屋全体を緑で埋めつくしてくれている。

すこし前までは鉢に植えられた萩がそこここで紅紫の小さな花をいっぱいつけ、秋の気配を漂わせた。菊のように艶《つや》やかではないが、ひなびた江戸近郊の秋を思わせた。だが、その萩の花もここ数日ですっかり散りこぼれ、夜になると萩の後ろでしきりに聞こえていた松虫の音も途絶えた。

とはいえ、長屋の彩りが乏しくなったわけではない。菊はこれからだし、紅葉《もみじ》の盆栽が色づき出すのも楽しみだった。

その長屋の一画に、小さな看板がぶらさがっている。

「穴屋」とあり、そのわきに「どんな穴でも開けます。開けぬのは財布の底の穴だけ」と、小さく付け足してある。

その看板の下をくぐって、

「いいお長屋ですな」

と、腰の低い武士が入ってきた。

歳《とし》のころは五十半ばほど。丸顔ですこし目を病んでいるのか、しかめるように瞬《まばた》きをする。だが、口元には穏やかな笑みがあり、どことなく人好きのする感じである。

穴屋こと佐平次《さへいじ》は、部屋の真ん中に座って、道具の手入れをしている最中だった。

道具を粗末にするやつは、一人前の職人にはなれない。これは絶対不変の真理である。だから佐平次も、一生懸命、鑿《のみ》や錐《きり》を磨いている。

「どちらさまで？」

と、上げた顔は、肌が黒く、眉が濃く、精悍《せいかん》な顔だちである。それでいて、どこかに愛嬌《あいきょう》や人なつっこさも感じさせる。

「どちらさまで？」

「卍《まんじ》老人のご紹介で来た者でな」

「卍……」

一瞬考え、

「ああ、北斎《ほくさい》さん……」

すぐに思い出した。いろんな画号を持っている。いまは為一《いいつ》を名乗っているはずだが、たしかに卍老人というのもあった。そのほか画狂人というのもあるし、葛飾《かつしか》親父とか、乞食坊主、天竺《てんじく》老人などという画号はふざけているとしか思えない。しかも、飽きると弟子に売りつけたりするらしい。要は、北斎にとって大事なのは絵そのもので、名前などは所詮《しょせん》、どうでもいいらしい。

ただ、有名ということでは葛飾北斎がいちばんだろう。当人もそのことはよく知っているらしく、為一の前には必ず「北斎改め」と入れている。

「松山不二太夫という七千石をいただく旗本の用人をしております西野三蔵と申す。いえ、三蔵といっても別に孫悟空たちを子分にしているわけではないが」

北斎の知り合いらしく、くだらない冗談を言った。

だが、七千石といえば、大身《たいしん》である。一万石以上は大名だが、七千石あたりのほうが掛かりが少なくてすみ、むしろ裕福である。

「穴屋さんの開ける穴は、絵師や仏師がつくる作品のようだと、北斎さんからうかがっておった」

「そんなたいそうなものじゃござんせんよ」

と、いちおうは謙遜《けんそん》してみせるが、仕事には誇りと自信を持っている。自分が開けた穴なら、将軍にくぐってもらっても恥ずかしくはない。

ただ、穴専門の職人としては日本一を自負しているが、それでも技はまだまだ伸びるはずだと信じている。

職人がおのれの技を極めるのは、五十から六十くらいか。そのころには、将軍どころか神さまや仏さまもくぐるくらいの穴を開ける職人になっていたい。

「それでご紹介をお願いしたら、わしの名を出していいから勝手にうかがうようにと言われてな」

「そうでしたか」

　北斎の紹介ではむげにはできない。

「それで、どんな穴を開けます？」

「穴はもう開いているのじゃ」

「え？」

「屋敷の壁に何のためかわからない穴が開けられておった。どういう穴なのか、解明してもらいたい」

　それが依頼だった。開けるのではなく、穴の正体を探る。

「あっしよりも屋敷のどなたかにお訊《たず》ねするのがいちばん早そうな……」

「じつに」

　と、用人は素直にうなずいた。

「ははん。だが、できない理由がおありになると？」

「女中や若い家人にはちらりと訊《き》いてはみた。しらばくれているような、本当にわからないような、どうも判断がつけにくい。だいたいが若い者の顔というのは表情が読めないところがあってな」

　それはわかる気がする。佐平次も若いつもりでいたが、いつのまにか三十という歳が近づいている。夜鷹《よたか》の呼びかけも、「お兄さん」に「旦那」が混じるようになった。

気がついたら、十代の若者の言葉が聞き取りにくくなっていた。

「あるいは手前のあるじや奥方に何か思惑《おもわく》があり、わしに知られたくないことでもあるのか、そっとやったことかもしれぬし」

「なるほど」

裕福な旗本の内情もさまざまだろう。

それにしても、こんな依頼は初めてである。穴を開けるのが穴屋の仕事で、何のために開けるかは依頼人が考えることだった。

これは逆である。むしろ、こっちのほうが難しいかもしれない。ニワトリが先か、タマゴが先かを考えるような気がしてくる。だが、もちろん興味もある。

「一穴《ひとあな》十両という噂も聞いたが、穴の鑑定料ということで五両でお願いしたい」

ときた。見て、判断するだけにしては高い。

「わかりました。たぶんお引き受けすることになると思います。準備がありますので、先にお屋敷でお待ちください」

西野三蔵は安心した顔になって帰って行った。

佐平次は道具箱に基本的な道具をぶちこむと、すぐに西野のあとをつける。

これは身を守るために必ずしていることである。北斎のことは信用しているが、北斎が誰かに騙《だま》されているかもしれない。何せこの仕事は悪事に結びつきやすい。高額な報酬につられて穴掘りをしていたら、蔵破りの片棒をかつがせられていたりする。

松山不二太夫の屋敷は本所緑町からすぐのところだった。ここならほぼ毎日、前を通っている。寄合と言っていたから、あるじの仕事はそう忙しくない。ざっと眺めて、五千坪ほどの屋敷をもらっている。礼金の五両も季節外れのお年玉程度の感覚だろう。

二

近くの水茶屋で半刻《はんとき》（約一時間）ほど時間をつぶしてから、佐平次は屋敷を訪ねた。

「まずは茶を点《た》てて」

などというのん気な誘いは断わって、

「さっそく、例の穴を」

と、見せてもらうことにした。

その穴は屋敷の奥のほう。あるじや奥方が起居する一画の手前、女中部屋のあたりにあった。うっすら化粧のいい匂いが漂っている。

「これじゃ」

内廊下と中庭をへだてた壁に開いた直径ほぼ三寸ほどの穴。

「ほほう」

穴自体は専門の職人の仕事ではない。それは一目でわかった。もっとも穴専門の職人など、いまのところ佐平次くらいしかいないが。

というのも、この穴には美しさがない。佐平次に言わせると、穴には美しさが必要なのである。タマゴに殻が必要なように、美しさがなければ穴は意味をなさない。だが、世間にはそこを理解する人はほとんどいない。北斎にも言ったことはないが、たぶんわかってくれるのではないか。

仕上げも雑で、そのうちぼろぼろ崩れてくるだろう。

いちおうふたがしてある。木を削って大きさを合わせ、紙を貼って白くしてある。素人の雑な仕事ではあるが、ちょっと見には気がつきにくい。

「よく見つけましたね」

「うむ。たまたまここでものを落として気がついたのだ」

と、用人の西野は言った。

「一ヵ所だけですか?」

「いまのところ、わしが見つけたのはここだけだ」

「まだ新しいですね。紙も日焼けしていないし、壁を削ったときのカスもすこし落ちている。何度か掃除するうちなくなってしまうのが、まだ残っているわけですから」

と、佐平次は指でカスをこすりながら言った。

「すぐにふさいでもかまわないが、何か理由があるなら確かめたい。ふさぐのはいつでもできるのでな」

佐平次はあたりを見回し、ちょっと耳を澄まして、

「仔猫《こねこ》はいますか?」

と、訊いた。

すぐに猫の通り穴かと思ったが、この大きさだと、大きな猫はくぐれない。

「さて、見たことはないがな」

女中のうちの誰かがひそかに猫を飼っていて、その猫の通り穴にしているのではないか。だが、つぶさに見ても猫の毛がついていない。

「犬やウサギは?」

猫ほど抜け穴を必要とはしないが、いちおう訊いた。

「いや、おらぬ。奥方が生きものを好まぬのでな」

「生きものでないとすると……」

あるいは、もっと物騒な目的があるのか？

暗殺が目的か？　この穴から矢を射ち込んだりするのでは？　あるいは鉄砲で狙《ねら》い撃ち？

のぞいてみる。

そのためには中庭に侵入しなければならない。しかもここは通路になっている廊下で、あっという間に通り過ぎてしまう。狙うのに都合のいい場所ではない。それに寄合というのは要はほとんど仕事もなく、はっきり言ってしまえば無能だと宣言しているようなものである。そんな男を暗殺して、誰が得するだろうか。

「ほかにもあるか探してみたいのですが」

と、佐平次は申し出た。

「屋敷全部をか？」

用人は不満げに訊いた。一つ見て、ぱっと判断してもらいたかったのだろう。だが、穴は占いの材料ではない。それは無理というものである。

「できれば」

「それは難しいな」

たしかに外の者には見せられないところもあるだろう。旗本屋敷が渡り中間《ちゅうげん》たちのバクチ場になっていたりすることは、よく聞く話である。

「外からで結構ですが」

「それならかまわぬか」

いったん外に出た。佐平次が歩くあとから西野三蔵もついて来る。三蔵法師をつれた孫悟空になった気分である。

庭はかなり殺風景だった。手入れの必要がないというのが理由だそうで、一面、砂利が敷き詰められている。それも白い玉砂利などではなく、川原で適当にすくってきたような砂利である。それが三千坪分ほど広がっている。あまり徳を積まないまま、西方浄土に来たみたいな気がする。

「ほんとはもっと手入れをしたいし、植え込みもつくりたいのだが、殿はそんな金があるなら奥方の着物に回せとおっしゃるのでな」

と、苦々しげに言った。

渡り廊下のあたりに来たとき、上にまばゆいほどの着物をまとった女性《にょしょう》が姿を現わした。お神輿《みこし》が仏壇をかぶったような派手なよそおいである。

「爺《じい》。その者は誰じゃ？」

と、女性は顎《あご》をしゃくった。

「はい。表具師でございます。ちと、方々で建て付けの悪いところなどが出ておりますので」

ここでは、そういうことにした。

「ふん」

鼻を鳴らして去った。くだらぬことを聞いて、耳が穢《けが》れたという顔だった。

後ろ姿を見送って、

「こちらの殿さまはおいくつで？」

と、佐平次は訊いた。

「五十五になられたかな」

「それで、いまのが奥方さま？」

「うむ」

「お妾ではなく？」

なにせ若い。二十歳にもなっていないのではないか。

「……………」

黙ったまま、うなずいた。あの奥方に、ひいてはあの奥方を選んだあるじに仕えなければならない悲しみがにじみ出た沈黙だった。半刻ほどかけて、屋敷全体を見て回った。二階のあたりを眺めても、ほかに穴はなさそうである。やはり穴は一ヵ所だけである。

「ううむ」

と、佐平次は唸《うな》った。正直、見当がつかない。だが、これで諦《あきら》めたら、穴屋の名がすたる。

「明日、もう一度、出直させてください」

と、佐平次は頭を下げた。

三

長屋に帰って来ると、朝から出かけていたお巳《み》よがちょうどもどったところだった。

佐平次を見てにっこりする表情が、なんとも色っぽくもあり、初々しくもある。

佐平次とへビ屋のお巳よは、所帯を持った。

祝言などという大げさなことはしない。長屋の連中を呼んで、酒盛りをしてお披露目とした。

お面屋のおやじなどはときどきお巳よのところに夜這《よば》おうとしていたくせに、「おいらはこうなると思ってたぜ」などとぬかした。当人のかわりに謝りに行くというおかしな商売をしている御免屋は、お祝いにと素っ裸で踊ってくれた。

だが、お披露目がすんだあとも、同じ夜鳴長屋で別居暮らしをしている。佐平次にへビたちがヤキモチを焼くみたいなのだ。寝ているとき首に巻きつかれても嫌なので、別々に寝ることにした。別居といっても、歩いて十歩ほどである。路地は埃《ほこり》っぽい廊下だと思うことにした。

「あんた、晩飯はどうしよう?」

と、お巳よは訊いた。

今日の朝飯もしくじった。水を入れ忘れて飯を炊いてしまったのだ。何日か前は水どころか米も入れ忘れ、お釜を空焚《からだ》きした。「しょうがねえよ。まだ家事に慣れていねえんだから」と、佐平次はやさしい。朝は干飯《ほしいい》があったので湯づけにして食ったが、もう食うものはない。

「いいよ。そこらでそばでも食おうや」

と、言っているところに、

「よう。穴へビ屋」

昼も話に出た葛飾北斎が今夜も遊びに来た。

「穴へビ屋とまとめられてもねえ」

最近、三日に一度くらい遊びに来てくれる。

北斎はもう六十代も半ばのはずだが、元気である。大柄で目つきが鋭く、睨《にら》まれると肝《きも》のあたりがひやひやする。心の奥のほうが見られている気がする。

先日は不思議な絵を見た。沖の荒波に船がもまれ、その向こうに富士が見えているという雄大な絵なのだが、波が崩れてくるさまがなにか変なふうに描かれている。先がくるくるっと丸まったようで、エノキダケの腐りかけにも見える。

「構図は最高ですが、この波は変じゃねえですか？」

佐平次は遠慮のないことを言った。北斎からもお世辞はいいと言われている。

「馬鹿。動きをぱっと止めると、波はこうなっているのだ」

「動きを止めるって、波が止まりますか」

「頭の中で止めるのさ」

どうも言うことまで突飛な人なのである。

そんな変人北斎が、佐平次とお巳よが所帯を持ったというので、すごく喜んでくれているのだ。

「いい値で売れたので、うなぎでも馳走《ちそう》しようと思ってさ」

北斎の絵はいつもいい値で売れる。そんなことは言い訳である。ただ、北斎の家というのは、金が消えていくのも滅法早いらしい。身なりなども同情したくなるほどみすぼらしかったりする。

路地裏にあってうまいうなぎを食わせる〈丸金〉に入った。

「どうも。仕事の紹介までいただきまして」

と、まずは今日の依頼の件で礼を言った。

「あの用人は気前のいいやつなんだ」

北斎は、四、五年前、前の奥方のときに、ずいぶん注文をもらったらしい。

北斎によると、前の奥方が美術品に造詣《ぞうけい》が深く、あそこにはお宝が多いのだという。

だから、何が狙われても不思議はない。

「もしかしたら、いまの奥方が自分で開けたんじゃねえか。お宝を持ち出すために」

と、北斎はうがったことを言った。

用人の西野も、それを疑っているのかもしれない。だから、あまり騒ぎ立てられないのか……。

「そういえば、去年の秋にあそこの若さまが亡くなったりしたことがあったな。ちょうど用人に小さな直筆画を頼まれていて、届けたときには葬儀の最中だった」

「そんなことも ね……」

西野の依頼の話が終わると、次にお巳よの「ヘビはかわいいが、ウナギはかわいくない」という話で盛り上がった。

どこが違うかというと、ヘビは寄ってくるけど、ウナギは逃げるのだそうだ。北斎は、「寄ってくるから気味が悪いんだろうが」と、異論を言う。同じ長くてにょろにょろしたものなら、タコの足のほうがずっといいらしい。

そういえば、北斎のそんな絵も見たことがある。巨大なタコが裸の女にからみついている絵。

北斎は酒はまったく飲まないが健啖家《けんたんか》である。うな重の梅をぺろりと平らげ、二枚目の白焼きにかかっている。佐平次とお巳よは食うのも人並みだがおかわりはもっぱら酒のほうで、ずいぶん酔っ払ってきた。

また蒲焼《かばやき》が出たが、こっちはうな重の味とはまるで違う。歯ごたえがあり、ウナギとは思えない野趣もある。

しばらくして、うなぎ屋のおやじが自慢げな顔でやって来て、

「どう、姐《ねえ》さん、うまかった？」

と、顔に似合わない甲高《かんだか》い声で訊いた。

「すごい。うまかった。この最後のウナギ」

「へへ。それ、ウナギじゃないよ」

「ウナギじゃないって？」

「やっぱり長くてにょろにょろしたもの。そこに巣食ってたやつをさばいて」

「あっ」

先に佐平次が声をあげ、お巳よの耳をふさごうとした。こいつ、トンチンカンに気を利かせて、ヘビが好きだというのを勘ちがいしやがった。お巳よはヘビ酒や、漢方薬のヘビも扱うが、あれは寿命の尽きたヘビやよそから仕入れたもので、基本的には愛玩《あいがん》用の生きたヘビを商っている。大事にかわいがって育てている。別に食いものとして好きなわけではない。

「ヘビ？」

と、お巳よは顔を強《こわ》ばらせて訊いた。

「ああ。好きだって言ってたから」

「あたし、ヘビ食べちゃったのぉ？　あんなにかわいいヘビを！」

悲鳴のような声をあげ、ひっくり返った。

四

今日もいい天気だが、ちょっと風が強い。空に雨の気配はないが、昨日よりも湿った匂いがする。

佐平次は昼過ぎまで二日酔いを醒《さ》ましてから、この屋敷にやって来た。用人の西野が今日も付き合ってくれるらしい。

昨夜、北斎と飲み食いしたというと、じつに羨《うらや》ましそうな顔をした。北斎とは仕事だけで、酒食を共にするなんてことは経験ないらしい。

「気難しいと聞いているのでな」

と、遠慮したようなことを言うから、

「あんなのいっしょに飲んでるぶんには、ただの糞爺《くそじじ》いですよ」

そう言うと、逆にむっとした顔をされた。事実なのだが、信奉者にはそんなことを言ってはいけないのだ。

昨夜《ゆうべ》あれこれ推測したうちで、もしやと思ったのは、ここから管のようなものを通

させ、厠《かわや》と直結させる——そうやって、臭い匂いを引き込むつもりではないかという
ことだった。もちろん、あの小生意気そうな奥方への嫌がらせである。画策したのは、
意外にこの用人だったりして……。
だが、厠の場所を訊いたら、反対側だった。それならこっちには穴を開けない。
ふたを外してみる。風が抜ける。
ひゅうと音が響く。
また、ふたをする。風が止まる。
だが、外では風が鳴っている。
——ん？
上を見た。もちろん何があるわけではない。ひのきの板が嵌《は》めこまれた天井がある
ばかりである。だが、気になることがある。
「どうかしたか？」
脇から西野が不安そうに訊いた。
「あ、いや……」
今度は手でふたをする。手のふたを外す。やっぱり違う。
まさか、と思った。そんなことって……。

周りを見た。ここらはお女中たちしか出入りしない。それはそうだろう。若い侍が出入りしたら、数年で屋敷の人数は倍になる。

では、お女中の誰かが考えた？

そんな破天荒なことをお女中が思いつくだろうか。

「西野さま。こちらにちょっと変わったお女中などはいませんかい？」

「変わった？」

「なんか、突拍子もないことを考えつくような」

「ああ、いるな。名はお満智《まち》といって、奥女中をしているのだが、これは死んだ大田《おおた》南畝《なんぽ》がよそでつくった娘なんだよ」

「蜀山人《しょくさんじん》の娘！」

江戸文壇の大御所として活躍した、蜀山人こと四方赤良《よものあから》こと寝惚《ねぼけ》先生こと大田南畝。じつは南畝の死には佐平次も関わっていた。もちろん下手人とか、そういう後ろめたいことではないが。

「大田先生から、戯作者《げさくしゃ》のくせに娘は堅いところに置きたいと頼まれてな、ここに奉公させたのよ。わしはひそかに狂歌をつくったりもしていたので、あの大田先生に直接頼まれたら断われまいよ。だが、娘のほうはやっぱり血が騒ぐのだろうな、ひそかに戯作を書いたりしているみたいだ。絵を見る才もあるし、北斎先生の大の贔屓《ひいき》でもあるぞ」

「そうでしたか」

蜀山人の娘だったら、あれを思いついても不思議はないかもしれない。

「なかなか面白いおなごだぞ」

「へえ」

「ここに呼ぼうか?」

そういうおなごはたいがい偏屈である。だが、話は訊かなければならない。

縁側に腰をかけて待っていると、西野用人に連れられてやって来た。顔は亡くなった大田南畝にはまるで似ていない。ちょっとつんけんした感じはするが、なかなかの美人である。

「わたしがお満智ですが、ちょっとおまち」

いきなりダジャレを言った。一杯目の飯が出ていないのに、「おかわりは?」と訊かれた気がする。

呆気《あっけ》に取られていると、笑わなかったのが気に入らないのか、露骨にむっとした。

「こちらは表具屋もしているが、じつは穴屋という商売もやっていてな」

と、西野が紹介する。

佐平次は立ち上がって、ていねいに頭を下げた。

「穴屋？」

と、お満智は目を見開いた。

「はい」

「なんか嫌らしい」

顔がひくひくいっている。

「そんなんじゃねえんですが、ちっと話を訊かせてもらいてえんで」

「やあよ」

「え」

「いやでございます。わたくし、あと、しと、へのつく商売とは関わらないようにしてるので」

案の定の偏屈娘である。ぷんとそっぽを向かれてしまった。

五

北斎は引越しが好きで——当人は好きでやっているのではないと言うが、のべつ江戸中を転々とする。とはいえ、本所深川界《かい》隈《わい》が多いらしく、知り合ったときは竪川《たてかわ》の一ツ目橋の近くにいた。いまは対岸の松井町である。

ここは本所松井町にある北斎の家である。

北斎は絵筆を握ったまま、こっちを見た。

「南畝さんの娘！」

「西野さまが大田先生に直接、頼まれたというから間違いないでしょう」

「そうだな。あの人の娘がまだ他にいたのか。わしが知ってるだけでもあと四人はいるぞ。まったく堅そうな顔して助平だったからな」

別に堅そうな顔もしていなかった気がする。

「これがかなりの気難し屋でしてね。でも、北斎先生がわきにいてくれたら正直に話してくれるのではないかと思うのです」

大田南畝と北斎と言えば、江戸文化の両巨頭。歌舞伎界で言えば、勘三郎と団十郎、相撲界で言えば、谷風と雷電と言ったところか。

「うむ。南畝さんの娘なら会ってみたいしな」

快く引き受けてくれた。

翌日、西野を通して連絡し、屋敷の外に出てもらって近くのそば屋の二階に入った。変哲もないそば屋で、窓辺では季節はずれの風鈴がちりちり鳴っている。

これにはお巳よも同席した。相手が若い女と聞いたら、じっとしていられなくなったらしい。絶対に口をはさまないからと約束し、ちょっと離れて座った。そばがきを肴《さかな》に、ちびちび酒を飲んでいる。

お満智も北斎を前にすると、昨日とはまるで態度が違う。

大田南畝の思い出話をひとしきりしたが、きりがなくなりそうなので、わきから佐平次が本題に入らせてもらった。

「それで、あの壁の穴なんですがね……」

「はい」

「前の日と同じく風がない日だったら、結局、気がつかないまま降参したかもしれません。だが、昨日は幸い風がありました。それで、あっしがあのふたを取ると、ふいに風の音色が変わったんです。また、ふたをするともどります。これって、笛と同じじゃねえかと思いました。あっしは笛の穴を開ける仕事も経験してますのでね」

「……………」

「もしかしたら、家全体を笛に見立てようとしたのか？　そう思いました。突飛な発想です。隙間風《すきまかぜ》で笛をつくるなんて。そんなことふつうの女の人では思いつかない。それで西野さまに訊きました。ちょっと変わったお女中はいないかと」

「変わったですか……」

と、お満智は苦笑した。

「なんと、大田南畝先生の娘さんがいらっしゃるというじゃありませんか。間違いねえと確信しました。どうでしょうか、あっしの推測は？」

佐平次がそこまで言うと、わきで北斎が大きくうなずいてくれる。

「はい。間違いありません」

と、お満智は素直に認めた。

「やっぱり」

「ほんとは笛といっしょで、いくつか開けたかったのです。でも、どの間隔でどれくらいの穴を開ければ、笛と同じように節を奏でられるのかがわからなくなって、中断してしまいました」

「それで、なんのために？」

「若さまの復讐《ふくしゅう》です」

お満智はそう言うと、ぐっと唇を嚙《か》みしめ、しばらく泣くのを我慢するようだった。

「復讐というと？」

「若さまは奥方に、いえ、あの下働き上がりの、元は浅草のバクチ打ちの、おきんに殺されたのです」

「なんと」

奥方の素性は知れているらしい。成り上がりは成り上がりで、憧れや尊敬を得たりもするのだが、おきんの場合はあいにくと、奥女中たちの尊敬を勝ちうることはできなかったようである。

「あの日、若さまがおきんの部屋に呼ばれたのを見た者もいるのです。そのあと、若さまはご自分の部屋で亡くなっていました。口から血を吐いて……」

「では？」

「はい。明らかなのです。おきんが毒を飲ませたのは。だが、あの女はわたしの部屋になど来なかったとぬかしました。ない頭を使って、辻褄《つじつま》を合わせることもしないのです。あの図々《ずうずう》しいこと」

そう言って、お満智はざるそばに手を突っ込み、茹《ゆ》で上がっているそばをぐにゅっと握りつぶした。これには佐平次もいささか腰が引けた。だが、こうもしないと、激しい怒りは抑えきれないのだろう。

「みんなに好かれた若さまでした」

と、血を吐くような声で言った。

「よほどいい男だったので？」

興味津々で訊いた。奥女中たちの人気の的。お花畑に降り立ったミツバチのように、あっちにつんつん、こっちにつんつんだったら、ちょっと悔しい。

「いい男？　そうなったかもしれません。亡くなったのは六歳でしたから」

「そんな若さで……」

下卑た想像をした自分が恥ずかしい。

「二つのときに若さまの実母で前の奥方が亡くなられたのです。そのあと、若さまはわたしたち奥女中が苦労しながら育てたのです。子どもも産んだことのない女たちが、実家の母に問い合わせたり、医者に訊いたり、書物を読んだりして。熱を出せばおろおろし、行事のときはうきうきし……」

「そうでしたか」

「まるでわが子のように思ってしまうのです。若さまのそばにいられるなら、わたしは一生、このお屋敷にいてもいいなどという女中まで出てくる始末です。それくらいあの若さまは、素直でけなげで……」

激しく首を振った。

新しく奥方の座についた若い性悪女が、前の奥方の子どもを排除した。いずれ自分の子を跡継ぎにという計画だろう。おなじみといえばおなじみで、どこの家でもさかのぼれば一回はありそうな悪事かもしれない。

「お殿さまには？」

「言っても無駄でしょう」

「西野さまには？」

馬鹿なことを言うなというように、せせら笑った。

「西野さまも薄々おかしいと思われているふしがあります。でも、ことがことですから、慎重に対処なさろうと思われているのでしょう」

その気持ちが、壁の穴まで気にかけるような細心さになって出てきているのだろう。

「復讐してやるんです」

「………」

「みんなで誓ったんです。なんとかして、おきんの気をふれさせてやろうって。若さまはお小さいのに笛が得意でした。いつも吹いていた唄がありました。それは同じ節回しを何度も繰り返す曲調の唄でした。すごく印象に残るもので、若さまのことを思い出すと、その曲がいっしょに思い出されるほどです。それを、屋敷全体が唸《うな》るように音を奏でたら、さぞや恐怖に怯《おび》えるだろうと」

それは怯えるだろう。

「でも、ただ、笛を吹いてみるほうが簡単なのでは？」

「そんなことで怯える玉じゃありません。だって、あの女はヘビだってばりばり食べるくらい無神経なんですから」

この言葉に、佐平次と北斎はぎょっとしてお巳よを見た。

「ヘビを……」

お巳よの顔が歪《ゆが》んでいる。

「なんでもあの女の田舎にはヘビを食っていると、五つは若く見えるという言い伝えがあって、ときどき田舎からヘビを持ってこさせちゃ焼いて食べてますよ」

「いくつなんですか、あの奥方は？」

「わたしと同じです。二十五。どう見てもそれなりですよね」

「…………」

言い伝えは真実なのかもしれない。

「それくらいの女ですから、家が泣くように奏でる、いわばあの世の唄にしなければ怯えたりするわけがないんです」

「あの世の唄……」

その思いつきには、佐平次も北斎も感心してしまったのだった。

奥女中幼ない若に焦《じ》れており

用人の西野三蔵が佐平次の家にやって来て、約束の五両を前に置き、あの依頼は取り消したいと言ったのは、その日の午後のことだった。

もしかしたら、ぼんやりとだが女中たちの思惑を感じ取り、見て見ぬふりをしようと思ったのではないか。

西野が出て行くと、まるで示し合わせたように――もしかしたら本当にそうかもしれないのだが、女中のお満智が正式に依頼にやって来た。

「若さまの敵《かたき》を討ちたいのです。ぜひとも穴屋さんのお力を」

「もしも、唄をちゃんと再現したいのだったら、笛といっしょで穴は七つ要《い》りますぜ」

「はい。穴一つ一両。わたしどもがけちけち貯めたお金です」

そう言って、七両を押し出した。

「ただ、わたしも自分で考えておいて言うのもなんですが、本当に家が唄を奏でるなんてことができるんでしょうか？」

お満智の問いに、佐平次は胸を張って答えたのだった。

「あっしに開けられねえ穴は、ありませんぜ」

六

まずはお満智に笛でその唄を吹いてもらった。

若さまの曲。単純な音階の繰り返しだが、いかにも上品な曲調である。

ただ、この音階をそのまま再現しても、誰かが隠れて吹いているように思われるだけである。節は同じでも、ちゃんと若さまがあの世で吹いている音にしなければならない。

それから佐平次は、あの屋敷の奥とほとんど同じつくりの模型の家をつくった。これに団扇《うちわ》で風を送り込みながら、開けるべき穴の位置を確かめていく。

翌日――。

この作業のつづきをしていると、待ち合わせたわけでもないのに北斎とお満智がつづけてやって来た。

模型の家を見て、北斎も感心する。

「穴屋。わしにもやれることはないか？」

北斎がそう言うと、お満智がすっかり感激した。そうなると、北斎は人生意気に感ずとばかりますますやる気になる。

「北斎先生。見たこともない人間の顔をそっくりに描けるわけはないですよね」

と、佐平次は訊いた。一瞬、若さまの絵があればと思ったのだが、そんなことはできるわけがない。

「描けるとも」

「え？」

「いま、描いてやろうか。亡くなった若さまの顔を描けって言うんだろ」

「まさか」

「穴屋。日本一の絵師を舐《な》めるなよ」

北斎は紙を何枚か用意させた。

「お満智さん。まず、若さまは長い顔だったかい、丸顔だったかい？」

「丸顔ではないのですが、頰のあたりはふっくらと」

さらさらっと輪郭をなぞった。

「こんな感じか？」

「あ、顎がもうすこし尖《とが》って」

「目は大きいか、小さいか？」

「切れ長で、目尻がすっと流れて……」

ついにはお満智が泣き出すほどそっくりの絵ができあがった。

しかし、北斎はそれで満足したわけではない。ここからたっぷりと意匠をほどこすのだという。

そこへ、お巳よも現われて、

「お前さん。あたしにも何か手伝わせておくれ。ヘビをばりばり食う女なんて許したくないよ」

「ああ。できるだけ大きなヘビがいいんだが、いまはいねえよな」

「長屋にはね。でも、ヘビの牧場《まきば》に行けばいるよ」

「ヘビの牧場？」

それは初耳だった。

七

この日は若さまの命日だった。一周忌である。

だが、その法要ときたらあまりにもおざなりで、ひそんでいた佐平次も怒りで胸がむかむかしてきたほどだった。寺から来たのは年端もいかぬ小坊主一人で、やっと覚えたのが明らかなお経を三行分、三回繰り返しただけだった。

線香は臭いからと焚《た》くのもやめさせ、そのときだけ出した位牌《いはい》は、裏の物置にでも入れておけときた。

殿さまはというと、そんな奥方の言動はあまり気にならないらしい。それでも亡くなったわが子を哀れむ気持ちもすこしはあるようで、ときおり涙ぐんだりもするのだが、ちぐはぐな感じは否《いな》めなかった。

夕方になって、お城から急な用事ができたと呼びに来た。これは仕掛けである。長屋の御免屋に、あらかじめ佐平次が頼んでおいたことだった。殿さまはわけもわからぬまま、今夜は夜通しかけて、小田原まで往復する。

あるじが出て行くと――。

奥方は、

「疲れたからご酒をいただいて寝ることにするわ。お満智、お酒の用意をしてまいれ」

「肴は?」

「なんでもよい。そうだな。イカの一夜干しがなかったら、小皿に味噌を」

つまみに育ちが出てしまう。

お銚子二本をたちまち空けて、奥方はいつもの部屋にごろりと横になり、ふだんから

ら出入りさせている揉《も》み治療の男に足を揉ませながら高いびき。

この日は朝から風があったが、夜になってますます強まってきた。

夜も更けて子《ね》の刻(およそ零時)を告げるころか、屋敷全体にあの世の唄が鳴りはじめたのである。笛の音のようだが、しかしこの世にある笛は、これほど陰惨な音は奏でない。地面のはるか下のほうから吹き出てくる自縛霊《じばくれい》のため息のような音。それでいて音量はけっして低くはなく、屋敷全体をかすかに揺さぶるようである。

「なに、これ！」

奥方は飛び起きた。

聞き覚えのある音階である。

「たしか、あのわっぱが……」

あるじはまだもどっていない。

「誰かいないの、お満智、来て」

この声を耳にし、お満智は小さくつぶやいた。

「ずっとおまち」

いくら大声を上げても、誰も来やしない。それもそうで、奥女中たちは自分たちが押さえるべき穴を間違えないよう必死である。

稽古の成果で誰も間違えることなく、若さまが愛したあの節が不気味な音色で再現されている。

呪《のろ》いの唄。

しかし、きれいで切ない唄。

女中たちはみな、これを聞いて泣いてしまう。泣きながら、自分が押さえるべき穴を押さえたり、外したり……。

奥方は逃げようにも、腰が抜けて動けない。酒に入れた薬と、揉み治療の男に押すように頼んでおいたツボも効いている。

「ああ、もうやめてぇ」

奥方が泣きながら絶叫した途端、床の間に大きな掛け軸が現われた。芝居の幕がいきなり切って落とされたような、衝撃的な登場である。

そこに描かれていたのは——。

若さまが茶碗を手にし、口から一滴血を流し、恨みのこもった目でこっちを見ていた。その目つきのじっとりと重いこと。卑劣な真似をした者をいっしょにあの世まで連れていこうというからみつくような眼差《まなざ》しだった。

「ひっ、ひっ、ひっ」

奥方は笑い出していた。

だから、奥方はもはや目には入らなかったかもしれない。その掛け軸のちょうど若さまの腹のあたりを食い破るようにして這《は》い出てきたのは、なんと八尺はあるだろうと思える巨大なニシキヘビ。

お巳よが王子村に持っているという二千坪ほどの広さのヘビの牧場で、好物のネズミをたらふく食って育ったそれが、人の頭も丸呑みしてやると言わんばかりにばっくりと口を開け、のったりのったり迫ってきていたではないか。

「あっはっはっは」

奥方の笑いはますます大きくなって、夜の闇に広がっていった。

名月はなにかが見える天の穴

三人は身体《からだ》を揺するように軽い足取りで、竪川沿いの道を、松山不二太夫の屋敷から遠ざかっていく。どこかで一杯やりたいが、さすがにもう開いている店はない。明日にでも出直すことになるだろう。

「面白かったな、お巳よ」

と、佐平次は嬉しそうに言った。

「あいよ、お前さん。若さまの供養にもなったでしょうし」

大きな籠《かご》を背負ったお巳よが答えた。籠の中ではずしりと重いニシキヘビが、しゅうしゅう言いながらとぐろを巻いている。

それをおずおずとのぞきこみながら、

「おい、穴屋。三人でやれることがあったら、またやってもいいな」

と、北斎は言った。

「ええ。ぜひ、やりましょう」

穴屋佐平次が大きくうなずいた。

地面には三つの影がくっきりと。おや？　と思って夜空を見上げると、青々と冴《さ》え冴《ざ》えと、今夜は月齢十五日、晩秋の名月——。

第二話　時を刻む穴

……ぴちょん、ぴちょん。

夜の中に澄んだ水の音がしていた。男はその前にあぐらをかいて座り、じっと耳を傾けていた。男の前にあるのは、簡単な仕掛けの水時計だった。

砂時計というのもあるが、あれはほとんど音がしないらしい。ギヤマンの管の中を砂が落ちる。さらさらと。

こちらはきれいな音を立てる。透明で清々《すがすが》しく、喉《のど》に送り込まれればどんな心の飢《う》えも満たしてくれそうな水の音。

ただ、時計とは言っても、大名時計のように一日の時の移ろいが計れるわけではない。二合枡《ます》一杯の水が、穴を伝ってすべて下に落ちるまでの時の量。それを計る。

あっという間に過ぎていく時の量だが、こうして水の音を聞いていると、いろんなことができる気がする。

煙草《たばこ》を煙草入れから取り出して、きせるに詰め、火鉢から火をもらってゆっくりと吸う。二服、三服。それくらいのことは楽々できそうである。

瓦版《かわらばん》一枚をじっくりと読み、そのできごとの裏にあることまで推《お》し量る。それもできるかもしれない。

最初に付き合った女の乳のかたちに笑みを浮かべ、別れのときの泣き顔に眉をひそめる。ずいぶん駆け足の思い出だが。

それからもちろん、打ちたてのそばを茹《ゆ》で上げることができる。

……ぴちょん、ぴちょん。

秋の夜更けである。こうして座っているだけでも時は過ぎ去る。何もしないなら時も止まればいいのに。まだ若いと言われる。決して若くなどない。残りはもう、そうは長くはない。

……ぴちょん、ぴちょん、ぴちょん。

落ちる音がなんだか速くなって来た気がするのは気のせいか。酒でも何でも残りが少なくなると減るのが速くなるように思うのといっしょで、時の速さもそうなのだろう。この数年の時のたつのが速いこと。

時は過ぎゆくままなのだろうか。仙術のようなもので、時をもどしたりはできないのか。せめて、時がたつのが遅くならないものか。

おのれの前に長いこと立ちはだかっている壁。越えられないままに命が尽きる――

それが男にはいちばんつらいことだった。


……ぽっとん、ぽっとん。

二合枡を上に載せると、夜の薄い明かりとしじまの中に、水の音がしはじめた。意外に大きな音だった。

――大丈夫か。聞かれねえか。

男は焦って、耳を澄ました。だが、ここは別棟になっていて、いくらなんでも皆が寝ているところまでは届かない。よし、大丈夫。誰かが起きてくる気配はない。

男は小柄なわりに頭が大きい。耳もでかい。自分でも不格好だと思う。だから、耳から入る音が頭の中でよく反響するのかもしれない。

二合枡一杯の水が落ちるあいだの時。

これを十回繰り返すと、ほぼ四半刻《しはんとき》（約三十分）になりそうである。

……ぽっとん、ぽっとん。

こうして待っているとけっこう長い。この枡一杯の水が落ちきったときに、あれが起きるようにするんだと。それが合図なんだと。なんでそんな面倒なこと、しなくちゃならねえんだ。てめえでやればいいんだ。おれみたいに頭の悪いやつにやらせなくともいいじゃねえか。

男はだんだん不愉快になってきた。

でも、わけもわからねえうちにこの世からおさらばするってのは、どんなものなのだろう。犬や猫もそんな感じで死ぬのだろうか。苦しまずに済むのなら、ありがたいってもんだろうな。

……ぽっとん、ぽっとん。

これはちょっと遅いな。穴をちょっと広くして、時のたつのをもうすこし速くしてやったほうがいいかもしれねえな。

男はそう考えると嫌になった。細かい作業は苦手なのである。度胸ひとつで危険な仕事をしてきた。水時計の穴などとても扱えそうもなかった。

一

「水時計の穴をやってもらいたいだと？」

穴屋の佐平次《さへいじ》は、猪口《ちょこ》をぐっとあおってから、目を丸くした。佐平次がいないときに来て、女房のお巳よ《み》にそんなことができるかどうかを訊《き》いていったらしい。

「それで何と言ったんだ？」

「うちの人に直接、訊いてくれって。あたしはそんなものは見たことがないんでわからないよって」

「へっ、おいらに開けられねえ穴はねえって」

歌舞伎役者が見得でも切るように、顎《あご》をくいっとひねった。「どんな穴でも開けます」それは店の看板の文句であり、佐平次の矜持《きょうじ》でもある。

二人のやりとりを面白そうに聞いていた絵師の葛飾北斎《かつしかほくさい》――もっともいまは為一《いいつ》を名乗っている――が、

「水時計を必要とするヤツってのは何をしてるんだろうな」

と、つぶやいた。

ここは、佐平次とお巳よが所帯を持っている本所緑町の夜鳴長屋に近いそば屋である。三人はこのところ三日にあげず、そば屋やうなぎ屋などで夕飯がてら酒を飲んだり雑談を楽しんだりしている。もっとも北斎は酒が駄目なので、もっぱら白湯《さゆ》を飲む。

それでも酔ったような顔になってくるから面白い。

この店は意外に酒も悪くない。「そばよりうまい」と、お巳よは陰口をきいた。ここでかまぼこや天ぷらなど、種物を肴《さかな》にして飲む。佐平次やお巳よはそばがきだけで腹がくちくなるが、北斎は最後に必ずざるを二枚食べる。二枚と量の多いところも北斎流である。

「短い時の量を計るんでしょ。ほら、あれですよ。安女郎の……」

と、佐平次は推察した。

「ああ、お直しか」

線香一本が燃え尽きると、延長となる。そのことをあの連中は「お直しだよ」と、ちょっと切ないような声で告げる。そういうのはたいがい、亭主がその役をやっていたりするらしい。まさに短い時間を計る。

「そんなこと、線香でやればいいだけだ。匂いもいいし、お手軽だもの」

と、北斎は鼻で笑った。

「じゃあ、何ですか?」

「いま、考えているのだ」

北斎は偉そうに言った。いつも偉そうである。絵師だから通用するので、この人が三井の番頭だったら、日本橋の北詰はいまごろ田んぼになっている。

「お巳よ、どんなヤツだった？」

と、佐平次が訊いた。

「ええとねえ、変なヤツだったよ」

お巳よの答えはいつもこうである。細かな説明がない。ぼんやりした印象だけ。それが的外れかというとそうでもなくて、もしかしたらヘビなどもそういう感じで世の中を見ているのかもしれない。

「どう変だったんだよ？」

「どう変かって言ったって……チョロ助が見たら、あいつにはいきなり食いつくね」

「なんだ、そりゃ」

チョロ助というのは、お巳よが飼っているヘビの中で、もっとも毒が強くて凶暴なマムシである。お巳よははっきりとは言わないが、たぶんあのヘビは前に何人かは殺《や》っているはずなのである。町方に捕まれば、まず獄門は免《まぬが》れない凶状持ちのヘビ。

「いくつくらいだった？」

「北斎さんよりはちょっと若いかな」

北斎は動きはきびきびしているが、顔は老けて見える。七十過ぎに見られたりもするが、じっさいには六十六である。

「ま、どうせまた来るさ。そんときにわかったら、北斎さんにも教えるぜ」

「頼んだぞ。穴屋の客は、おれのところに来る客より面白いからな」

北斎は羨《うらや》ましそうに言った。

「そうですかね」

「そうだとも」

だが、北斎のところの依頼人にも変なヤツが多い気がする。言葉のわからない異人が来たこともあるらしい。

「あのぉ、こちらにヘビ屋さんは？」

見知らぬ男がおずおずと顔を出した。

「おや、お客さんかい？　貼り紙を見たのかい？」

出るときに穴屋とヘビ屋はここのそば屋にいると貼り紙をしてきたのだ。

「ええ。白ヘビさまを借りたいんですが」

「おやおや、また白美《しろみ》ちゃんの出番かい」

お巳よの店でいちばんの売れっ子の白ヘビさまである。近ごろは地鎮祭で引っ張りだこらしい。

「商売じゃ仕方がない。お先に」

お巳よが抜けた。と、思ったら——。

「穴屋さんはこちらに？」

若いこざっぱりした男が顔を出した。

「よう。たしか能登屋の若旦那」

〈能登屋〉は日本橋にある海産物屋で、若旦那は当代きっての若手の食通、大通人として知られる。

「そばの穴のときはお世話になりました」

「とんでもねえ。こっちこそ法外な礼金で助かりましたよ」

「そばの穴？　なんだ、それは？」

と、北斎がわきから訊いた。

「なあに、若旦那がチクワのように穴の開いたそばが食いたいとおっしゃって」

「つくったのか？」

「だから、あっしに開けられねえ穴はねえって」

「何のために？」

と、北斎もしつこい。

「つゆのからみがよくなってうまいんですよ」

と、若旦那が自分で説明した。

「うまいか？」

「ま、通人になると、いろいろやってみるのが使命ってところもありますから」

「そんなことより、若旦那、今日はどうしました？」

と、佐平次は話をこっちに引き戻した。

「じつは、この人に穴屋さんを紹介してくれと頼まれましてね」

若旦那は後ろを見た。

まだ、店の外にいた男が、一歩中に入って頭を下げた。

「料理人の長六と言います」

歳《とし》は三十三、四。背は高いが痩《や》せて機敏そうな身体《からだ》つきである。板場で包丁をふるえば、年増の仲居あたりはさぞかし腰をふらふらさせることだろう。

「いまをときめく板前のはなぶさ鉄五郎の一番弟子ですよ」

「はなぶさ鉄五郎……」

もちろん名は聞いたことがある。たしか料亭〈はなぶさ〉は魚河岸《うおがし》にも近い堀江町の四丁目にあり、日本橋の大店《おおだな》のあるじや人気役者、相撲取りなどで混み合っているという。有名人の顔を見たいなら、この店で飯を食えばいいとも言われる。

だが、佐平次にはあまりにも縁がない。なにせ、この店で夕飯を食えば、二両や三両は平気で吹っ飛ぶ。

北斎くらいの稼ぎがあれば、借金取りが来ない隙《すき》を狙《ねら》ってそれくらいの金も出せるだろうが、「あそこは前から申し込みしなきゃならなかったり、並んだりするのでな」と、行ったことはないらしい。「だいいち気づまりだろ」とも。日本一だのなんだのと自分でも言うけれど、北斎、根はべたべたの庶民なのだ。

「なんでも水時計の穴をやってもらいたいんだそうで」

と、若旦那が言った。

「ああ、あんたかい？　さっき長屋に来たっていうのは？」

「え？　そいつはあっしじゃありませんが」

「違う？」

「あっしは若旦那にお願いして、初めてお伺いした次第でして」

「へえ、どういうのかねえ」

同じ日に水時計などというめずらしいものの依頼が重なった。そうそうあることではない。

「それで水時計をどうするんで？」

「はい、じつは……」

と、長六は事情を説明した。

天才料理人のはなぶさ鉄五郎は、注文を受けると十二品の料理を立てつづけに出していく。決して似たような味はなく、すべて食べ終えたときは、あらゆる美味の頂点を旅したような気持ちになると言われる。この鉄五郎が近ごろは、寿司のかわりにそばを使うようになった。

そばは本来なら、釜の前にいて、茹で上がるのを自分の目や手ざわり歯ざわりなどで確かめるのがふつうである。ところが、鉄五郎にそんな暇《ひま》はない。包丁をふるい、魚を焼き、天ぷらを揚げ、野菜を凝ったかたちに刻む。弟子は道具を並べるのと、片づけるだけ。いっさい手を出させない。そこで、そばが茹で上がる時間は、水時計で計ってきた。

「天才が水時計に頼るかね」

と、北斎が皮肉な笑みを浮かべて言った。

「いろんなことを同時にするんです。それは見てもらったらわかると思います。弟子まかせにせず、全部やるんだから、自分の目や手のかわりになるものがあれば使うと思います」

と、長六は師匠をかばった。

「それで？」

と、佐平次は先をうながした。

「ちょっと古くなってきたのか、水の落ちる音が一定じゃなくなってきた気がするらしいんです」

「それはそうですよ。水苔《みずごけ》がついたりしますから。なんせ細い穴を滴り落ちるんです」

「それで新しくしたいが、ぴったりの時間を計ってくれる職人などいるだろうかと訊かれましてね。たまたまこちらの若旦那にも相談したら、もしかしたら穴屋さんならと」

「できますよね？」

と、能登屋の若旦那が不安そうに訊いた。

「もちろんです。あっしに開けられねえ穴はありません。ただし、あっしも江戸でただ一人の穴屋だ。安くはねえですぜ」

「もちろんです。穴一つ十両という噂《うわさ》も聞きました」

「穴一つ十両……」

そんなには高くない。誰が大げさな噂を流したのか、あまり高いことを言われると、逆に依頼人が減ってしまう。唖然《あぜん》として何も言わずにいると、

「それでお願いできないかとうちの板長も」

「わかりました」

思わずにんまりした。

最近、手元不如意《ふにょい》がちである。というのも、お巳よが財布はいっしょとぬかしてひどい無駄使いをした。何を買ったのか、七、八両が消えてしまった。あと三月《みつき》は楽々暮らせると思っていた矢先だった。

なにせお嬢さま育ちだし、若いからしょうがねえかと、佐平次は目を瞑《つむ》っている。

それでも、ないものは稼がなければならない。

「まだ、いるのかい？」

商談が成立したらしく、お巳よのほうも上機嫌でもどってきた。

「おや、ヘビ屋の姐《ねえ》さん」

「あら、〈はなぶさ〉の板さんじゃないか」

お巳よと長六が互いに指を差した。

「え、知ってるのか、あんたたち」

佐平次は二人の顔を交互に見た。

「お得意さまですよ」

「昨日と一昨日《おととい》も行っちゃったしね」

呆《あき》れている佐平次に、お巳よはまるで悪びれたようすもなく言った。

「あそこ、無茶苦茶おいしいの。あんたも今度、連れてってあげる」

二

翌日、夜もだいぶ深まって——。

佐平次は料亭〈はなぶさ〉を訪ねた。

堀江町四丁目の横道を入ったところにあり、こざっぱりはしているが、目立たないつくりである。それでも、お客は引きも切らないらしい。

最後の客のときに、裏から入った。そうするように長六から言われていた。

中は決して広くない。

客席はゆったり座れるが、せいぜい八人分ほど。酒は銚子一本と限っているので、長居もできない。それで一晩で五回転ほどする。つまり、一晩で四十人。

料金はその日によって違うらしいが、二両としても八十両。すさまじい売上げである。

鉄五郎はなるほど凄《すご》い仕事ぶりである。

動きが速い。六十になったというが、若者のような身のこなしである。

包丁が閃《ひらめ》くように動く。まぐろの大きな切り身。ここからほんの一部だけを使う。まだまだ取れそうなのに、新しい切り身に替えた。いくら魚河岸が近いとはいえ、なんと贅沢《ぜいたく》なことか。

調理場はすべて客が見通すことができるようになっている。鉄五郎の一挙手一投足を見守り、出てくる味の素晴らしさを支えているものに納得する。

だが、佐平次がいちばん驚いたのは調理場が静謐《せいひつ》であることだった。

鉄五郎は二合枡に水をなみなみと入れ、大きな甕《かめ》の上に置いた。そばを茹ではじめるのだ。水面と枡のあいだは三尺ほど離れているため、水滴は勢いを得て水面に当たる。

……ぴきん、ぴきん。

むしろ鋭い音がした。いままで聞いた水時計の中でもいちばん高い音である。三味線のいちばん手前の弦の音。だが、音というのは微妙なもので、同じ音でも人によってずいぶん違うように聞こえたりもする。

……ぴきん、ぴきん。

そばが茹で上がる。水ですばやくさらして笊《ざる》に。

最後の客に、最後の品が出た。

「板長、穴屋の佐平次さんです」

と、長六が声をかけた。

「おう、あんたが、穴ならどんな穴でも開けるという」

意外に人懐っこい笑みを浮かべてくれる。

「ええ。看板に偽りはありませんぜ」

「頼みたいのはこれなんだがね」

と、もう音は出ていない水時計を指差した。「ちっと、狂ってきている気がするんだ」

「おいらもそう感じました。あれだと新品のものと比べて、五滴分ほど遅くなってしまうと思います」

「ほう」

と、鉄五郎は目を丸くした。たぶんそんな実感があるのだろう。

「長六、あとの細かいことはおめえにまかせた。いいものをつくってもらいな」

口調に信頼がにじみ出ていた。右腕として、長いことこの天才の仕事を支えてきたのだろう。

「いや、板長、まかせたと言われても」

「なんだ？」

「基準の時間を決めなければならないんです」

「そうか。そばを茹で上げる時間だな」

「そういうことです」

鉄五郎はすぐに理解した。

佐平次は新しい二合枡を一つもらって、それに穴を開けた。簡単な道具は持ってきている。

「では、お願いします」

沸騰する釜に打ちたてのそばを入れて茹でる。

やがて、一本を指でつまみ、口に入れて噛《か》んだ。

「ここだ」

と、鉄五郎が言った。

「へい」

佐平次はすぐに下から木のふたを当てる。この穴だとこれだけの水が落ちる時間。それがちょうど空《から》になるような穴の大きさにすればいい。そう難しい作業ではない。

「そうだ、穴屋」

と、鉄五郎が思い出したように言った。

「はい」

「さらにちっと遅めにしてくれねえか」

「と、おっしゃいますと？」

「これはあくまでも基準でな。その日の天気やそば粉の種類などで、茹で時間は微妙に違う」

「そうでしょうね」

「ちっと多めに茹でることだって出てくる。そこらも考えて、ゆっくりめに過ぎるようにな」

「よくわかります」

道具を使いつつ、道具に頼ってはいない。最後に信じるのはおのれの勘。

「ほんとの時の流れも遅くしてもらえたらいいんだがな」

鉄五郎はふと、しみじみした口調で言った。

「速すぎるんだ。それなのに、くだらねえ用事ばかり山積《さんせき》する。今度は腕比べをさせられる。そんなものしたくねえんだが、お得意さまの申し出で断わるのは難しい」

「なるほど。だが、大きな時の流れはあっしにもどうにもなりません。水時計を遅くするくらいはいくらでも」

「え？」

「穴を小さくするんだろ」

「それがほんとのやり方ですが、穴を開けるより簡単な方法もありますぜ。もちろん、あっしは穴屋ですので、穴を開けたり、どうかしたりするほうが金をもらえる。でも、あとでどうこう言われると気分が悪いので、先に言っておきますがね」

「どんな？」

「水に粘りを入れるんです。落ちる速さが遅くなります」

佐平次がそう言うと、長六がかすかに眉をひそめたのがわかった。適当なごまかしを鉄五郎が毛嫌いしているのかもしれない。

「なるほど、だが、それでは駄目だな」

「どうしてです？」

「音が濁る」

鉄五郎はもう一度、二合枡を載せた。

静謐な調理場に水音が響く。

「まさに」

と、佐平次はうなずいた。


このあと、北斎の仕事場を訪ねた。訊きたいことがあるので、仕事場のほうに来てくれと頼まれていたのである。

なんでも富士の穴について教えて欲しいというのだ。

北斎はいま、富士の連作に力を入れている。描くかどうかはわからないが、いろんなことを知っておきたいのだそうだ。

富士の穴というのは、富士の樹海や湖の近くなどにある風穴《ふうけつ》のことだろう。夏でも氷が溶けず、深くまで延びていて、恐ろしいくらいである。穴が大好きな佐平次ではあるが、あそこばかりは怖くて、突き当たりまでは行ったことがない。どこがどこにつながっているかもわからない。

人の心に暗くて深い穴があるように、日本一の景色である富士の山にも暗くて深い穴がある。

最近は外で会うことが多いので、北斎の仕事場のほうには滅多に来ない。だいいち、のべつ引越しをするので、訪ねても別人がいたりする。

北斎はたいがい二階のある長屋を借りる。この本所松井町の長屋もそうである。一階が仕事場になる。いつもながら恐ろしくちらかっている。

北斎が真ん中に、それと背中を向き合うように女の絵師がいる。北斎の娘のお栄である。

こんなときは北斎に直接、声をかけない。いや、かけられない。たぶん、声も届かない。

部屋には生きものが多い。玄関先には犬が寝ている。見えるところでも猫が二匹いる。

金魚鉢には金魚が五、六匹。向こうの縁側には、鳥かごや虫かごがずらりと並んでいる。たしか庭にはニワトリとカメがいたはずである。

これらは引越しのときもちゃんと連れて行く。

「本当はゾウやトラを飼いたいのさ」

と、北斎はつねづねそう言っている。夢見るような口調になる。もちろん本気なのだ。たしかに、北斎がゾウやトラと戯《たわむ》れる姿が目に浮かぶような気がする。

ここには弟子も数人いる。

そのうちの一人がお茶を出してくれた。

「まだかかるかもしれませんよ。十二枚、立てつづけに描きますから」

いまは八枚目らしい。今日は諦《あきら》めて帰ったほうがいいだろう。

「北斎先生の弟子は大変だろ？」

と、佐平次は小声で訊いた。さっきの鉄五郎と長六の師弟の関係を思い出した。尊敬と信頼に満ち溢《あふ》れていた。

「そりゃあ大変ですよ、天才の弟子ですから」

「怒鳴《どな》ったりするからね」

「そういうことじゃないんです」

ちょっと哀しげな顔になった。

「どういうことかな？」

「天才の弟子で大きく伸びる人って少ないでしょう」

「ああ……」

この人には悪いが、そうかもしれない。

「天才だが、教えることについて駄目な人がいます」

北斎とは言わないが、まさに北斎だろう。

「なぜできないのかがわからないんですよ。天才だからわかるのに、凡人ができないのを理解できない。高い壁を壁だと思っていない。弟子のほうは壁をつくづくと意識させられる」

「わかる気がするな」

「逆に、技量はたいしたことがなくても、教えるのはうまい人がいる。そういう壁があるのを感じさせない。だから、弟子のほうも諦めない。限界ぎりぎりまで伸びる。それ以上はいかないけれど、屈辱感や孤独感は味わわなくてすむ」

「ということは……」

「ええ。つらいですよ。でも、これは師匠のせいではないんです。どうしようもないことなんです。天才に教えられる弟子は、おそらく誰もが見捨てられた思いを味わうんじゃないでしょうか」

孤高の北斎の、足元の穴をのぞいた気がした。

佐平次は考えた末に、漆《うるし》塗りの枡を使うことにした。水はけがいい。余計な引っかかりをつくらない。

甕のほうは前のものをそのまま使う。あれはいいものである。音のよさはあの甕によるところが大きい。

漆塗りとなると、さすがに佐平次が自分の手でつくるわけにはいかない。だが、漆器の枡があるのは知っている。塗師の三平という旧知の男が深川の熊井町にいて、凝った塗り物をつくっている。あそこに漆器の枡があるのは知っていた。

その三平を訪ねた。

「あっしの枡で時を計る？　面白いねえ、穴屋さん」

三平は歳ごろも佐平次と同じ。それもあってか、話が通りやすい。

「そうだろ。だが、おいらが枡の底にあける小さな穴にも漆を塗ってもらいてえ」

「そりゃあ、できるさ。漆塗りの穴か。ますます面白い」

「ただ、急ぎなんだ」

「どれくらい？」

「三日で」

と、佐平次が言うと、三平は暗い顔で首を横に振った。

「そりゃ、無理。漆は乾かしたあと、何度も重ね塗りをする。寸分たりとも狂ってはいけない穴にするんだろ?」

「もちろんだ」

「だったら、なおさら急ぎの仕事じゃできねえ」

きっぱりと言った。

こうなったら、何を言っても駄目である。一流の職人ほど頑固になる。

佐平次は急いで思考を回転させた。水のように透明で、きらきらと光るものが頭に浮かんできた。

「じゃあ、こうしよう。あんたの枡は使わせてもらう。だが、穴の部分は穴をあけたギヤマンを埋め込む。ギヤマンなら、漆器と同様に、完璧に水をはじく」

ギヤマンならずいぶん扱ってきた。溶かせばいろんなかたちもつくることができる。

「あんたって人は……」

三平は感心したような、あきれたような、複雑な顔をした。

三日ほど後に、黒光りのする水時計が完成した。

水の滑りがいいため、ふつうの枡よりも水が落ちるのは速くなる。むろん、その分を穴の大きさで調整している。

そのかわり水苔はつきにくい。ふつうの枡を使った水時計の寿命がせいぜい一年なら、これは十年でも持つ。

穴一つ十両。それに見合う仕事のはずである。

自信を持って依頼主に届けた。

三

朝飯を食い終えて、佐平次は縁側に横になって瓦版を読んだ。水時計を届けてから五日ほど経《た》っている。

「これか、鉄五郎さんが言ってた腕比べってのは」

ざっと読み終えて、お巳よに渡した。

はなぶさ鉄五郎と芝浜の欽二《きんじ》が腕を競う。

江戸一番の料理人はどっち?

江戸中が盛り上がっているという。

だが、それほど大げさなもののようには言っていなかったはずである。

「芝浜の欽二じゃ勝負にならないよ」

と、お巳よが笑った。

「食ったことあるみたいじゃねえか」

「そりゃあ、あるよ」

「おいらが粥《かゆ》をすすって飢えをしのいでいたころも、はなぶさや欽二の店で飯を食っていたんだよな」

佐平次は嫌味を言った。

「馬鹿だね。そうやってすする粥のほうがうまかったりするんだよ」

それは本当かもしれない。だが、お巳よに言われたくない。

「それより、勝負にならねえってのはほんとか？」

「欽二は昔、鉄五郎さんと同じ料亭にいたんだ。競い合って、腕を磨いた仲さ」

「じゃあ、いい勝負だろう」

「ところが、天才と努力の人なんだね。結果はやる前から明らかさ」

「ふうん」

あいにく料理のことはそこまで興味はない。かつて死ぬほど肥《ふと》っていた身としては、食に溺《おぼ》れると大事なものを失っていく気がする。食はすこし貧しいくらいが、人間にはちょうどなのではないか。

「でも、競う相手がいるというのはいいことだぜ。おいらの穴屋なんざ江戸広しといえど、おいらだけだもの」

それがすこし寂しい。以前、穴あけ屋を名乗る者が出たが、佐平次の真似だったし、しかも殺されてしまった。

「お巳よのヘビ屋もそうか？」

「いや、ヘビ屋というのはけっこういるんだよ。上野の山下にもあるよ。ただ、ほとんどがヘビ酒やゲテモノの店。あたしのところみたいに、愛玩《あいがん》するためのヘビを扱うのはあんまりいないかもね」

「そうだな」

自分たちは競い合う相手すらいない、寂しい夫婦者のような気がしてくる。

と、そこへ——。

「おい、穴屋」

北斎がやって来た。この人も競い合う相手はいないのではないか。

「さりげなく、後ろを見てくれ」

「どうしたんですか？」

「ああ、誰か尾《つ》けてきてるんじゃねえかと思うんだ」

立ち上がって、台所の格子窓から長屋の入り口あたりを見た。

「誰もいねえみたいですぜ」

「ほんとか？」

もう一度、感覚を研ぎ澄ませて気配をうかがう。

佐平次はかつて幕府のお庭番をしていた。どさくさにまぎれて抜けたが、本当に抜けられたかどうかはわからない。それはともかく――、あとを尾ける、闇を見透かす、一晩中動かずにいる、そういうことはお手の物である。

とりあえず北斎の背後に異変は感じない。

「大丈夫です」

「そうか。この前はすまなかったな。呼び出しておいて、相手をしなかった」

「なあに、北斎先生と付き合うのにそんなことは気にしちゃいられねえ」

「あっはっは」

自分のことは笑って忘れる。

「これ、見ました？」

と、瓦版を出した。

「ああ、知ってるぜ。なんせ、その審判を頼まれた」

「北斎先生が？」

「ああ」

「なんで？」

「知らねえよ」

「先生は別に食通でもなんでもないでしょう。ただの大食いならわかるけど」

「まったくだ」

「いや、もしかしたら絵の天才は、味のこともわかるんですか？」

「そんなものは関係ねえ。だったら、おれはベロで絵を描いてるぜ」

北斎なら描きそうである。

「そういうもんですよね」

「ほんとになんで選ばれたんだろう？　考えてみると不思議だな」

やっぱり名前が欲しかったのだろう。日本一の絵師、葛飾北斎の名が。

だとしたら、この催しはおかしい。

選ぶほうに能力がなければ、決めたことにはならない。

もちろん素人だってうまいまずいの判断はする。だが、それは好みで選んでいるのに過ぎない。

わかる人は、そういういろんな好みがあるってことまで頭に入れて選ぶ。自分の好みだけで選んでもよしとするなら、数を膨大《ぼうだい》にしなければ公平な審査にはならない。

「断わるべきだよ、先生」

と、佐平次は言った。北斎には充分に絵を描かせたい。やりたくもない人づきあいに手間を取らせるのはかわいそうである。

ところが、北斎は意外なことを言った。

「いや、じつはわしはいま、できるだけ人前にいたほうがいいような気がする」

「どういう意味ですか?」

「たぶん狙《ねら》われている」

さっき後ろを気にしていたのもそれらしい。

北斎のような人には、独特の勘がある。気のせいなどではないだろう。

「命にかかわるような?」

「そりゃそうだ」

「ううむ」

どうも嫌な具合に話がこじれそうである。

狙われる命はひとつふぐを食う

この日の夜に、もう一つ、きな臭い話が入ってきた。

持ってきたのは、能登屋の若旦那である。

「変な話を聞きましてね」

「なんだい？」

「この前、こちらにつれてきたはなぶさ鉄五郎の一番弟子の長六さんが、自分の店を持つ準備をしてるんです」

「そりゃあ、いつまでも弟子じゃいられねえもの。自分の店くらいは持つだろう」

「でも、鉄五郎さんは何も知らないんですよ」

「ほう」

「しかも、長六さんの店の資金を出してくれたのが、芝浜の欽二なんです」

この若旦那、大通人で、くだらないことが大好きだが、意外にやるべきことはちゃんとやるし、見るべきものも見る男である。ましてや、根拠のない噂話を吹聴してまわる男ではない。

「そりゃ、変だな」

「でしょ。あたしも穴屋さんに紹介したりした手前、なんだか気になってしまって」

「なんだろ?」

「さあ」

長屋の路地をひゅうと風が吹いた。合戦で最初に討たれる雑兵《ぞうひょう》のように、早くも枯れてしまった落ち葉の何枚かが、宙を舞うようすが見える気がした。

隙間風にきゅっと身が締まる。そろそろ火鉢に炭を入れなければならない。着物は袷《あわせ》にして、夜は温かいものを食って寝なければならない。

それでもきっとどうしようもなく寒い夜はある。

人にはどうしてもある。心に富士の風穴のような、開けたくもない穴が広がってしまう夜が……。

四

深川の漢玄寺は、予想を上回る見物人でごった返していた。天気にも恵まれた。雲一つない青空が広がって、見物人たちは深川での行楽のついでにと、瓦版で話題の催しに足を運んできていた。

ここの広い境内の真ん中に、対決のための調理場がつくられていた。およそ十間《けん》四方の板張り。五尺ほど高くなっているので、遠くの見物人からもよく見える。客席には桝席《ますせき》まであって、回向院《えこういん》の相撲のようである。

佐平次とお巳よはちょっと家を出るのが遅れてしまい、見物は難しいのではないかと心配した。

「いつも、お前が遅過ぎるんだよ」

「だって、女には身支度ってのがあるんだよ」

化粧なんざしないほうがきれいなのにと思うが、そういう女のほうがますます化粧が好きだったりする。これもこの世の深い穴の一つか。

「穴屋さん、ヘビ屋さん。こっち、こっち、こっち」

境内できょろきょろしていると、能登屋の若旦那に呼ばれた。当日はいっしょに見物しようと約束をしていた。

「桝席を取ってますので」

気を利かしてくれたらしい。

「そいつはありがたい」

人混みをかきわけてそっちに向かおうとしたとき、お巳よが連れてきていたチョロ助がいきなりカゴの隙間から鎌首を持ち上げて、わきにいた人を嚙《か》んだ。そんなもの持ってくるなと言ったのに、これが終わったあと、千住で開かれる〈マムシ会〉という集まりに顔を出さなければならないのだと言い張った。

「あっ」

嚙まれた男は舌打ちをしたが、急いでいるらしくそのまま反対のほうに駆け去ってしまう。

「どうしたんだろ。こんなことをする子じゃないんだけど」

お巳よは首をかしげる。

そうは言ってもマムシだろう。嚙むのが人生のようなものではないのか。

「あいつ、毒が回るぞ」

追いかけていって、毒を吸い出したりすれば、ことなきを得るかもしれない。

「わかった。あいつだよ、この前、水時計のことを訊きに来たのは」

そういえば、長六のほかにもう一人、水時計のことを言ってきたヤツがいた。あれから何も言ってきていないので、どうにかなったのだろうと思っていた。

「あいつか」

小柄なわりに頭の大きな男だった。歳はたしかに北斎よりちょっと若いくらいだろう。

「きっとろくでもないことをするヤツだ。がっぷりは食いついてないから、死にはしないよ。ちっと毒でも回らせておいたほうがいいのさ」

それはひどいと思ったが、この人混みである。もはや、追いかけることもできない。

能登屋の若旦那の桝席に入った。

この席はむしろ裏側の席だが、逆に見やすかった。湯がたぎる鍋がこちらに並び、鉄五郎が使う水時計も見えていた。

佐平次はいったん座ったあと、ぐるりと周囲を見渡した。

会場も立派だし、人も集まっている。

だが、佐平次は何か違和感を覚えている。この催しそのものが信用できない。

主催者は札差の江戸屋《えどや》頑蔵《がんぞう》である。

江戸屈指の豪商で、この人に金を借りている大名は片手ではきかない。

また、審判人――主催者側の言い方だが――は北斎だけではない。ほかに、材木問屋の池田屋貝五郎と海産物問屋の湊屋《みなとや》清兵衛《せいべえ》が選ばれていた。

「池田屋さんと湊屋さんはどちらも食通として有名です」

と、能登屋の若旦那が言った。

「若旦那より？」

「あたしのような青二才は相手にされていませんよ」

と、あっけらかんと笑った。

「なるほど、二人、有名な食通が入れば、北斎さんがとんちんかんな結果を出しても、評価は揺るがないってことか」

北斎は、いかにも豪商という恰幅《かっぷく》のいい二人にまじって、何となく居心地が悪そうに調理場の真ん中にいる。顔つきはいつもながら傲然《ごうぜん》としているが、付き合いが深くなった佐平次にはわかる。北斎はいま、嫌いな種類の人間と同席しているのだ。

審判人たちは、ここで料理人二人のあらゆる動きを見つめ、最後に味を確かめて、審判を下すという。

客がどよめいた。

まるで東西から両横綱が登場したように、いまをときめく二人の料理人が現われた。はなぶさ鉄五郎。芝浜の欽二。歳は欽二が二歳若い。だが、でっぷり肥って貫禄は欽二が上である。

互いに一人ずつ、手伝いの弟子を連れている。鉄五郎に付き添うのはもちろん、一番弟子の長六。

二人はおそらくひさしぶりで向かい合ったのだろう。

鉄五郎は懐かしそうに欽二を見たが、欽二のほうは引きつった顔で視線を外した。

二人が動き出すと、審判人も客も呆然《ぼうぜん》と見つめるしかなかった。

包丁がきらきらと閃くたび、魚が下ろされ、野菜が姿を変える。寺の境内では不謹慎なくらいに、甘く、狂おしいような匂いが流れる。

料理人は審判人に「房州沖で今朝、揚がったまぐろです」とかなんとか語りかけながら仕事を進める。

審判人は料理人の手際を見ながら、できあがる料理をどんどん食べる。

北斎は自分の席にどっかり座って食べているが、池田屋と湊屋の二人はなにかそわそわと、立ちっぱなしで食べる。その違いが佐平次は気になった。

見物人は食うこともできず涎《よだれ》を垂らして見つめるだけ。馬鹿みたいだが、しかし調理人の手際が恐ろしくてきぱきしているので、あっという間に規定の十二品に近づいていく。

最後の一品。鉄五郎はそばを使い、欽二は対抗するようにうどんを出すという。欽二が大きな土鍋に太いうどんをぶちこみ、鉄五郎が二合枡に水を入れて甕の上に載せた。

水時計が落ちはじめた。

ぴちょん、ぴちょん。

だが、音は聞こえない。ここは静謐な〈はなぶさ〉の調理場ではない。見物人がひしめき、ざわついている。

十滴ほど落ちたころか、

「あれ？」

佐平次は思わず声を出した。

「どうしたい、お前さん？」

「遅いんだよ、水の落ちるのが」

それは微妙な差だった。だが、明らかに佐平次が設定した穴の速さではなかった。枡には穴屋の印を押した。それが見えている。だから、佐平次がつくった水時計には間違いない。

――あれだ。

ちらっと口にしたこと。水にすこしだけ糊《のり》でも入れればいい。それは水に溶け、滴り落ちる速度を遅らせる。あの枡の底にでも、さりげなく塗ったに違いない。

鉄五郎は気づかずにそばを茹でている。

おそらくそばはだらしない腰になる。酒が入り過ぎた上に、三部屋ほど回ってきた花魁《おいらん》の腰になる。

大声で教えようか。だが、鉄五郎は「余計なことを」と怒るだろう。客の助けを得て、勝負に勝った――そういう噂もきっと出回る。

「あいつ」

すぐ前にいる長六の横顔を見た。

もうすることはない。こっちに下がり、旗本屋敷の中間《ちゅうげん》のように控えている。目に嫌な光があった。悪事をなし、そのことについて居直ったときの目。

「おい、長六」

と、佐平次は客席のほうから小さな声で呼んだ。

「え」

「おめえ、やったな」

「な、何を？」

「糊入れただろ。この人出じゃ音が聞こえねえ。だが、おいらにはわかるぜ。おいらが刻んだ時の速さより、ほぼ二十滴ほど遅れてる」

「…………」

長六の顔色は真っ青になった。口がぱくぱくいっている。

「どういうつもりだ」

「天才が負けるところを見たかったんです。負ければ悔しくて泣くのか、絶望に打ちひしがれるのか。そんなところが見たかったんです」

「馬鹿じゃねえのか」

天才だって泣くに決まっている。そんなことは当たり前だろう。しょっちゅう絶望に打ちひしがれている。北斎を見ていたらよくわかる。天才と言われる人のほうが、きっとふつうの人よりも泣いている。

——それをわざわざもっと泣かしてやろうというのは、ちっと残酷すぎるぜ。

と、佐平次は思った。

五

——このまま、鉄五郎を泣かせてはいけない。

と、佐平次は憤《いきどお》りとともに思った。仕返しとして、欽二の大きな土鍋の底に穴を開けてやる。それでお湯の量を減らし、うどんをべとつかせてやる。

だが、そう簡単には開かない。

佐平次は、いつも持ち歩く小型の道具箱から、もっとも鋭い錐《きり》を出した。

桝席から立ち上がる。ふらふらと歩く。

転んで土鍋にぶち当たるふりをして、一突きした。穴屋の秘技、必殺一本突き。失敗の確率も三割ほどあり、滅多にやらない荒技である。ぶ厚い土鍋のわき腹を貫き、すばやく抜いた。中の湯が洩《も》れる。それは下にこぼれ、見る見るうちに広がった。

そのとき、佐平次は奇妙なものを見た。

調理場の床下を火縄が走っていた。

——なんで、あんなものが？

だが、こぼれた土鍋の湯が、ちょうどその火縄の火が進むのを押しとめた。じゅっとかすかな音がした。

——どういうことだ？

佐平次は首をかしげた。

それよりすこし前。鉄五郎は気づいていた。

なぜかそばを茹ですぎた。浮き上がるそばが溺れかけているように見えた。

と、舌打ちすると、沸騰する鍋にいきなり手を突っ込んだ。そばを摑《つか》みあげ、わきの冷水にぶちこむ。

その暴挙に客は仰天《ぎょうてん》した。

気合を入れるように緩《ゆる》んだそばを締めなおす。

「よし、大丈夫だ」

と、鉄五郎は笑った。


北斎は迷っていた。

はなぶさ鉄五郎と、芝浜の欽二。どっちの料理がうまかったか。

ほかの二人の審判人は、勝負半ばですでに決定を下したらしい。

「やっぱり勝負にはなりませんな」

しきりにそんな話をしていた。

ただ、鉄五郎のそばが茹で上がるころになると、妙にそわそわした感じになり、二人とも自分の席を離れて、こっちに近づこうとしないのは不思議だった。

北斎は十二品、いや二人合わせて二十四品、きれいに平らげ、腕組みして唸《うな》っていた。

欽二の味には、貧しかった子どものころに、近所の屋台のわきから盗み食いをするときのような野卑《やひ》なざわめきがあった。それは、食べものという根源的なものには必要な要素ではないのか。

鉄五郎の味は言うことなしに洗練されていた。

北斎にはそれが物足りなかった。

欽二の最後のうどんもよかった。ぬめっとした感覚も北斎の好きな舌触りだった。タコが美女に吸い付いていくときのようだった。

「よし、決まった」

北斎は自信を持って芝浜の欽二の札を掲げた。

だが、結果は二対一だった。

食べ比べいっしょに育ちも比べられ

勝負が終わると、催しは日なたの雪のようにだらしなく、そっけないほどに終局に向かった。主催者側は、まるでこんなことは真の目的ではなかったとでもいうように、そそくさと放り出すように五百両の賞金を鉄五郎に渡し、たちまちいなくなってしまった。

鉄五郎はたいして欲しくもない賞金を持っていかせようと長六の姿を探したが、長年の右腕だった男の姿はどこにも見えなかった。

ただ一人、佐平次だけがなかなか立ち去ることができずにいた。

——どうもよくわからないことがある。

一番弟子の長六の裏切りは見抜いた。天才を身近に見つづけ、自分の才に絶望してしまった男の心の穴。

佐平次がつくった狂いのないはずの時の穴に、つまらぬ仕掛けをほどこした。その仕返しは充分にしてやった。

しかし、この催しにはもう一つ、裏の目的があったのではないか。

そのとき、一人の男が白昼に夢でも見ているような面《つら》で、人けのなくなった調理場に上がってきた。

——あいつだ。

チョロ助に嚙まれた男だった。

「なんか変だなあ」

と、男は回らない舌で言った。佐平次にも聞こえるほどの声だった。

「わざわざ〈はなぶさ〉に忍びこんで、水時計まで確かめたりしたのにな。水時計は違ってしまっているし、火縄は途中で消えるし。だからおれは、死んだ平賀源内先生によく笑われたんだ。まったくお前は抜けてるなって」

ぼんやりした目つきでよくわからないことをしゃべっている。きっとヘビの毒が回ったのだ。

「帰ったらまた仲間に叱《しか》られるだろうな。おれたちは源内先生の衣鉢《いはつ》を継ぐために、あんな悪徳商人どもと手を組んだんだぞって。そんな難しいこと、おれにわかるかよ。いいんだよ。おれは度胸で舎蜜《せいみ》（オランダ語で化学のこと）をきわめる男なんだ」

男は北斎が座っていた座布団のところに来て、ゆっくりとそれをめくった。

そこには何かある。油紙に包まれているが黒っぽいもの。

――なんだ、あれは？

佐平次は目を瞠《みは》った。北斎はさっきまで、あんなものの上に座っていたのか。

男は首をかしげ、わきにあった湯釜の下から火箸《ひばし》で炭を取り出し、自分の足元のそれの上にぽとりと落とした。

その途端だった。

どぉおん。

と、凄《すさ》まじい火柱が上がった。

それはまさに火柱で、周囲に広がることなく真《ま》っ直《す》ぐに高々と上がった。さっきまでそこにいた男は、夜空に砕け散る花火の破片のようにばらばらになって、秋の青い空の中へまるで供物《くもつ》のように舞い上がっていった。

第三話　築地の穴

一

「これは……」

と、穴屋の佐平次《さへいじ》は目を瞠《みは》った。

上がり口にどんと置かれたのは、大きな鯛の尾頭付きだった。

「なあに、ほんの手土産《てみやげ》だよ。伊豆の稲取からの直送でね」

上品そうな六十前後の男は言った。立派な体格だが、武士ではない。大店《おおだな》の番頭あたりと佐平次は踏んだ。

「ここが有名な穴屋さんか」

と、男は首をひねるようにして、軒下《のきした》の看板を見た。穴屋の屋号のわきに、「どんな穴でも開けます。開けぬのは財布の底の穴だけ」と付け足してある。

「有名ってほどでも」

謙遜《けんそん》の格好はするが、佐平次は内心、けっこう嬉しい。

「それで、ご注文は？」

「じつはね、井戸を掘ってもらいたいんだ」

「井戸ですかい。そりゃあ、掘れと言われりゃ掘ります。ただ、そうした依頼はふつうの井戸掘り職人に頼んだほうがずっと安くすむと思いますぜ」

と、正直に言った。

「なあに、銭《ぜに》のことは気にしてもらわなくていいのさ。あたしは、なんでも一流の職人が好きでね。穴掘りといったら穴屋さんだろ」

「まあね」

「穴一つ十両という声も聞くよ」

「らしいですね」

あまり高いと偏見をもたれると商売にはよくない。このところ暇《ひま》がつづいているのは、そんな噂《うわさ》のせいかもしれない。

「あたしは十両なんてケチなことは言わないよ」

「はあ」

「ぜひ、引き受けてもらいたいねえ」

「どこに掘るんです？」

江戸という土地は、地盤がやわなところも多い。硬かろうが、柔らかかろうが、開けられない穴はないが、準備というものが必要である。

「築地の南小田原町に土地があるんだ」

「ああ、旦那。そりゃあ駄目だよ」

と、佐平次は手を横に振った。

「え？」

「あそこらはね、海を埋め立てたところなんだ。地面の下は海とつながってる。井戸なんか掘ったって、出てくるのは潮水で、とても飲めやしねえ」

江戸の井戸の多くは、地下水を溜《た》めるものではない。上流の水道から引いてきた水を溜めている。水道が引けないあたりは、水屋が運んでくる水を買って生活していた。

「いいんだよ。飲むわけじゃないから。庭木にかけるだけなんだ」

「庭木に潮水をね」

「あたしがいいって言ってるんだよ、穴屋さん。ちっと深めに掘ってくれたら大丈夫なんだから」

「………」

これは危ない――と、佐平次は思った。たぶん、井戸掘り職人にも頼んだが、みんな、断わられたのだろう。

「じつは、いま、忙しくて、仕事がいっぱいなんです。あとひと月はかかりそうで……」

嘘《うそ》である。こんな怪しい仕事をいきなり引き受けるわけにはいかない。ひと月、猶《ゆう》予《よ》をもらえれば、そのあいだにこの男のことを調べられる。裏に隠された狙《ねら》いもわかるかもしれない。

「手間賃は三十両」

と、男はいきなり言った。

「え」

目玉が固まり、気持ちがぐらりと揺れる。

このところ、いつも手元不如意《ふにょい》である。原因は新妻のお巳《み》よの無駄使いにあるのだが、もともと金の感覚が佐平次などとは違って、当人は無駄とか贅沢《ぜいたく》とは思っていないのである。

――ま、所詮《しょせん》、天下の回りものだしな。

お巳よだって、なければ使わないと言っているし、稼げるうちは一生懸命稼げばいいだけのことだろう。

「しかも、掘るための人足もこっちで出す。あんたは指示だけしてくれたらいい」

「指示だけでいいんで？」

じっさいには、そういうわけにはいかないのだ。佐平次の手を煩《わずら》わす部分もかならず出てくる。それにしても、三十両というのはおいしい仕事ではないか。

「すぐかかってくれるだろ？」

「あと十日」

と、佐平次は言った。やっぱり危なくて、いきなりは引き受けられない。

「ううむ、仕方がない。待ちますよ。あと十日ね」

「そのあいだに準備できることがあればしておきますぜ」

それによって本当の狙いも見当がつく。

「いや、いいよ。当日、説明する」

「………」

やはり、知られたくないことがあるのだ。

「数日前になったら、また来ますが、あたしは、とある店で働いている功兵衛といいます」

「とある店の功兵衛さんと言われてもねえ」

「ま、そこらはおいおい話しますよ。とにかく、事故のないよう、できるだけ深く掘ってくれたらいいのさ」

名無しの功兵衛はそう言って、帰って行った。

深き穴声も静かに呑みこまれ

佐平次は功兵衛のあとをつけた。

功兵衛は長屋の入り口で待たせておいたらしい小僧を連れて、歩き出した。

尾行は功兵衛に限ったことではない。あらゆる依頼人に対してすることである。

なにせ、穴屋への依頼は危ない仕事が多い。蔵を破るための穴。住居に侵入するための穴。そうした依頼が半分を占める。

泥棒の手助けをするつもりはない。金持ちの馬鹿息子の夜這《よば》いを手伝う気もない。

だが、依頼人はもちろん真の目的は隠して依頼してくる。それが本当かどうか見極めるためにも、あとをつけるのを怠《おこた》ってはいけない。

あとをつければいろんなものが見えてくる。性格や体調、住んでいる家、本当の仕事、勤め先、そこの景気の良し悪《あ》し等々……。これはこれで面白いおまけのようである。

男は本所緑町を出ると深川のほうに向かい、右に曲がって新大橋を渡った。さらに大川沿いに歩いた。川風が身を切るように冷たい。それはそうで、昨日から師走《しわす》に入った。冬が大トリの進軍を開始しようとしている。霊岸島を抜けて、築地に入った。

だが、男は南小田原町へは行かなかった。

男がくぐった門のつくりは、町家ではない。およそ三、四千石ほどの格式を示す武家屋敷だった。

二

佐平次は、夜鳴長屋と路地ひとつへだてた隣りの長屋にきた。

夜鳴長屋は、路地いっぱいに盆栽が並んで、四季折々の風情《ふぜい》を見せてくれるが、こちらはそんなことはない。ごくありきたりの、だからこそ穏やかな暮らしの匂いがする三軒長屋が二棟ずつ向かい合っていた。

いちばん手前の家と言ってたから、ここだろう。

「ごめんよ」

「はいよ。あら、穴屋さんじゃないか」

四十くらいの女房——たしか、おうめといった——が、庭先で腰巻の洗濯物を干しながらこっちを見た。庭先といっても、縁側で手を伸ばせばしきりの塀《へい》に手が届くくらいの庭である。

「例の話なんですがね」

「うん」

「やらせてもらえないかなと思いまして」

「おや。ぜひ、やっとくれ」

手を拭きながら、玄関先に出てきた。

このあいだ、おうめが仕事を持ってきてくれたのである。

難しい仕事ではない。扇の要《かなめ》のところに穴を開けるという、まさにおかみさんたちの手内職仕事である。

子どもでもできる仕事だが、穴屋という変わった仕事をしている職人が、このところ暇にしていると聞いたらしく、好意で持って来てくれたのだった。

もちろん、むげに断わったりはしない。ちょっと大きな仕事が入りそうなのであとで返事をすると言っておいた。

功兵衛には、ひと月、仕事が詰まっているとは言ったが、じつは嘘である。とはいえ、忙しそうにしていないとまずいだろう。

そのため、この仕事を引き受けることにしたのである。

「ただ、この前は言わなかったんだけどさ、おかみさん連中が持ち回りで、自分の家を作業場にすることになってるんだよ。なあに、四人だけなんだけどね。それで、お茶飲んで、世間話しながら、いっしょに仕事をするわけさ」

と、おうめは言った。

「ああ、なるほど」

夜鳴長屋でこそあまりないが、よその長屋でよく見かける光景である。

「無理しなくていいんだけど、穴屋さんのとこも、それに入ってくれたらみんなも喜ぶよ。あ、もちろん、一人じゃないと仕事ができないというんだったら、それでもかまわないんだよ」

「いや、別に構いませんよ」

おかみさんたちの話というのは、意外に世間の動きが汲《く》み取れたりして、そう馬鹿にしたものではない。

「何だったら、今日からでもけっこうですぜ」

「おや、そうかい。じゃあ、あとでうかがうよ」

ほんとに四半刻《しはんとき》ほどしたら、

「穴屋さん、来ちゃったよ」

「どうぞ、どうぞ」

「おいとでぇす」

「おちょめでぇす」

「おせんでぇす」

何だか一人、聞き慣れない名前があったけれど、とくに問い返したりもせず、家に上げた。みな、おうめと同年代の女房たちである。

おうめが穴屋の分の仕事も持って来てくれた。

「ほら、この竹の小さな板みたいなやつの、ここに穴を開けるのさ。ていねいに開けなきゃ駄目だよ。ここが扇の要になっていくんだ。わかるだろ？」

と、やってみせてくれた。

「よく、わかりました。これをおうめさんたちは、一日に何枚くらい開けるんで？」

「そうだねえ。あたしらは慣れてるから、おしゃべりしながらでも、一日に六百枚ほどは開けちまうよ」

と、自慢げに言った。

「それで、いくらになるんですかい？」

「百枚で五文だから、三十文てところだね」

「なるほどねえ」

天ぷらそばを食って終わりである。それでもおしゃべりしながらできるのだから、遊んでいるよりはましというところだろう。

佐平次は、おうめが持ってきた百枚ずつの束を三つ重ね、ぎゅっと強く縛った。これを膝《ひざ》のあいだにはさみ、下駄をひっくり返したような台に載せると、見たこともないような長い錐《きり》を出し、
しゃああ。

と、すばやく回した。

「はい。まずは三百枚」

「えっ……」

長屋の女房たちは、佐平次の信じがたい技を目《ま》の当たりにして、ぽかんと口を開けている。おうめが呆《あき》れた声で言った。

「あんた、それじゃあ、手内職で月に二両も稼いじまうよ」


おかみさんたちの相手は、せいぜい半刻が限界かもしれない。次から次に出てくる脈絡のない話に相槌《あいづち》を打つのに疲れてくる。

二刻も相手をしてへとへとになって休んでいると、葛飾北斎《かつしかほくさい》がやって来た。六十も半ばになる老人なのに、足取りも口も達者である。

「先生。無事でしたか？」

「なんとかな」

深川の漢玄寺でおこなわれた料理人の腕くらべの会場で、北斎は命を狙われた。あやうく爆死するところだった。

以来、半月――。とくに変わったことはなかったらしい。

「事情を教えてくれたら、あっしにもできることがあるかも知れませんぜ」

「おれにもわからねえんだ」

「でも、狙われているのはたしかでしょう？」

「だろうな」

めずらしく不安げな顔になった。

そもそも北斎という人は不思議な人である。

相当な稼ぎがあるくせに、いつも借金取りが来ている。

のべつ引越しをしている。まるで逃げ回っているようではないか。

そして、有名になったかと思うと、その名を惜しげもなくさらりと捨てる。

金にだらしなく、腰が据わらない性格と言ってしまえばそれまでなのか？　絵以外のことはすべてどうでもよくなってしまったのか？

「ところで、穴屋、この長屋に空き家はねえか？」

「ああ、ありますぜ。そこの斜め向かいが、このあいだ空いたはずです」

ここの住人には変なやつが多くていられたもんじゃないと言い捨てて出ていったらしい。

「おれが引っ越して来てもかまわねえか？」

「先生が？　もちろんかまいませんよ。でも、この長屋のつくりはみな、うちと同じで、先生には狭いんじゃねえですか？」

北斎のところは娘のお栄も同居して、二人で絵を描いている。紙や絵の具が部屋中にぶちまけられる。

しかも、弟子が何人も出入りし、版元のほかに直接、直筆画を頼みにくる客も多い。

「ああ、近くに弟子の部屋をもう一つ借りて、客の相手などはそっちでするさ」

「なるほど」

「穴屋とヘビ屋の近くにいると、何となく安心するのさ」

「そいつは光栄ってもんでさあ」

さっそく次の日に、北斎は夜鳴長屋に引っ越してきた。これくらい身軽でなければ、ああものべつ引越しを繰り返すことはできない。

もちろん娘のお栄もいっしょである。お巳よとすぐに気が合ったところを見ると、娘のほうも北斎に負けず劣らず、変わった性格のようである。

身近で暮らすと、北斎という人はほんとに絵が好きなのだと感心する。夜、そこらで飯を食ったり、雑談をするとき以外は、ほとんど絵を描きつづけているのだった。

三

あの男が入っていった武家屋敷は、寄合に属する旗本、青山織部の屋敷であるというのは、近所の者に訊《き》いてわかった。

およそ二千坪ほどの敷地がある。

こうした旗本は地方に知行地をいただいており、そこでの産物などの関係から親しくする商人ができていたりする。

この前の男は、青山家出入りの商人のひとりではないか？

しばらく屋敷を見張って、何人か、出入りしている商人らしき男のあとをつけてみた。

呉服屋〈伊勢屋〉の手代、骨董屋《こっとうや》〈多門堂〉のあるじと身元を確かめ、三人目の男は尾張町にきた。〈伊豆屋〉という店に入る。佐平次はさりげなく、店の前に立った。

帳場にこの前の男が座っていた。

「ちょいと、番頭さん」

と、その男が裏手に声をかけた。ということは、番頭ではない。裏手から返事がした。

「はい、旦那さま……」

男はれっきとしたこの店のあるじだった。功兵衛という名が本当なら、伊豆屋功兵衛があの男の名である。

振り返って、もう一度、看板を見た。屋号のわきに、「海産物問屋」とある。間口八間《けん》ほどの大きな店である。

依頼人の正体はわかった。だが、肝心なことは何もわからない。

佐平次は調べをつづけることにした。

穴屋佐平次は元お庭番である。

いや、元というより、断わりなしに勝手に抜けた。佐渡の金山に潜り込んだとき、上司のひどい仕打ちで死にそうになったのがきっかけだった。当時は恐ろしく肥《ふと》っていたのが、いまは痩《や》せている。その面変《おもが》わりのおかげもあるのか、とくに追いかけられる気配もなく、やってこられている。

だから、こうした調べは、昔取った杵柄《きねづか》というか、お手のものである。

次に佐平次は、伊豆屋のあるじが井戸を掘って欲しいと言っていた築地の南小田原町に行った。

ここは本願寺の裏手にできた町である。魚屋が軒を並べた一画もある。日本橋ほどではないが、小さな市場になっていた。

ここらは二百年ほど前に海を埋め立ててできた町である。当初はいくら土を入れても波に持っていかれるので、波除《なみよけ》神社を建てたところが、どうにかうまくいくようになったらしい。

いまは地面もだいぶ固まったらしく、とくにふわふわしたりすることもない。

すこし東のほうに行ったあたりに、高い塀に囲まれた一画があった。三百坪ほどもあるか、その周りを囲った塀はずいぶん高い。しかも、門ごと囲まれているから、武家屋敷なのか町家なのかも判断がつかない。

一ヵ所だけ、小さな穴が開いていた。どうやら、こっちから錐などで開けた穴らしい。のぞきたがったヤツがほかにもいたということだろう。

中は単なる草っぱらである。ところどころに、焼け焦《こ》げた柱が立っていたりする。どうも火事で焼けたあとは、ろくろく片付けもせずうっちゃってあるらしい。あとはとくにおかしなものも見当たらない。

ただ、ちょっとだけ硫黄《いおう》に似た変な臭《にお》いがしたのは気になった。

ぐるりと一回りしたところに、

「どうかしましたかい？」

と、若い男が声をかけてきた。さっきからこっちを見張っていたような気もする。もしかしたら、佐平次ではなく、この場所そのものを見張っていたのかもしれない。

「いえ、こちらはどこのお宅だったかなと思ってね」

「旗本の青山織部さまの別邸跡ですよ。もっとも、火事で焼けてからは伊豆屋という出入りの商人に売ってしまったみたいですがね」

青山織部、伊豆屋。ここではっきりつながった。

その伊豆屋のあるじが、ここに井戸を掘らせようとしているのは間違いなかった。

ひとまず本所緑町の長屋に帰ると、佐平次は火鉢を抱きかかえるようにしながら、いろいろ考えてみた。

いちばん疑ったのは、井戸と称して、じつは抜け穴でも掘るのかということだったが、それはまずなさそうである。

あのあたりはだいぶ固まってきたとはいえ、掘れば潮水は出てくるし、穴が崩れやすい。いくら杭《くい》を打ち込み、補強しても、横穴まで支えきれるかどうか。そんな穴に入ろうものなら、このところ忘れつつある閉じこめられたときの恐怖発作がやってきそうである。

それに、まわりはみな、町家だったし、町家も蔵があるような大店はなかった。本願寺のような大きな寺の中については知るよしもないが、寺とのあいだには川が流れている。抜け穴はまず無理だろう。

抜け穴でなければ何なのか？

唸《うな》りながら考えてもわからない。

隣りに座ったお巳よが面白そうに佐平次を眺めている。

「なんだよ、お巳よも考えてくれよ」

「いいけど。どういう話かも知らないんじゃ」

「こういう話なんだ……」

と、佐平次は依頼と、これまでわかったことを話した。

「たしかに不思議な話だねえ」

「そうだろ」

「伊豆屋ってえのは悪そうなヤツかい？」

「あれだけの店をやってる商人だから、そりゃあ観音さまとは似てねえさ。でも、それほど悪党そうにも見えなかったなあ」

「だったら、いいんじゃないのかい。人それぞれ、いろんな事情はあるのさ」

「でも、わからねえ仕事ってえのはなあ」

やっぱり気が進まない。

「よう、なんだか考え込んでるじゃねえか」

と、北斎が斜め向かいの家から顔を出した。

「ちっと、よくわからねえ仕事が舞い込んできましてね」

「ほう。世話になりっぱなしじゃ悪い。おれにできることがあれば手伝うぜ」

「お気持ちは嬉しいんですが、何をどうしてもらいたいかもわからねえんですよ」

「言ってみろ」

同じ話を北斎にもした。

「へえ、面白そうだな。とりあえずそこに行ってみようじゃねえか」

「北斎さんが？」

「ああ。絵師にはふつうの人間じゃ見えねえものが見えたりするんだ」

と、バケモノの狩人みたいなことを言った。

「そういえばそうですね」

北斎の絵を見ると、本当にそんな気がする。『北斎漫画』という画集を見せてもらったことがあるが、人間の見方まで教えられた気がした。

「面白そうだから、あたしも行ってみるよ」

と、お巳よも腰を上げた。お供にするヘビは、いちばん元気なマムシのチョロ助にした。こいつに敵味方の区別がつくとはとても思えない。

四

佐平次とお巳よ、北斎の三人は築地にやってきた。北斎はここの十軒町にも住んだことがあり、ここらは土地鑑《とちかん》もあるとのことだった。

例の高い塀で秘密の箱のように囲まれた土地にやって来ると、男たちがもめている気配である。遊び人ふうの若い男を取り囲んで、年配の男四人が文句を言っているらしい。

「何だ。伊豆屋はヤクザまで出してくるのか」

「あっしはヤクザじゃねえですって。ただ、ようすを見てこいと言われただけで」

などという声も聞こえた。

「おっ、やってる、やってる」

北斎は嬉しそうにそう言うと、矢立と筆を取り出し、手帖にさらさらと絵を描きはじめた。

「何してるんで？」

「おれは六歳のときから、めずらしいものや騒ぎを見るたび、こうやって絵にしてきたのさ。ま、何かの役に立つかも知れねえぜ」

　そのうち、口論のようなものは終わり、若い男は唾《つば》を吐き捨てると、どこかに去って行った。そのようすは、ヤクザまではいかないにせよ、まあ、ろくな者ではないだろう。

　すると、四人の男のうち、魚政という法被《はっぴ》を着た男がやって来て、

「もしかして、瓦版屋《かわらばんや》かい？　ここの騒ぎでも記事にしてくれるのかい？」

　と、期待したような調子で訊いた。ほかの三人も、十間ほど離れたところで、じっとこっちを見ている。

「うん、まあ、あっしは見習いみたいなもんだけどね」

　佐平次はとぼけた。

「ここはなんかあるんですかい？」

「ここはさ、おかしな土地なんだよ」

「おかしな土地というと、バケモノでも出るのかい？」

　北斎が筆を動かしながら訊いた。

「そうじゃねえさ。草は生えるが樹木の育ちが悪いし、野良犬や野良猫がよく、そこで死んだりしてたんだ」

「呪《のろ》われているのかね？」

と、お巳よが言った。

「いや、昔、なんか毒をまいたんだ。それが土に沁《し》みたんだ」

「毒をまく？」

「ああ、ここには以前、青山さまの別宅があったのさ。山っけのあった先代のお殿さまがなんかしたんだな」

「何をしたんですかい？」

「どうも、伊豆の知行地では不思議な鉱物が採集できるらしいんだよ。それを集め、火をつけたり、水をまいたり。ずいぶん昔の話だから、よくわからねえんだが」

「ああ。舎密《せいみ》の研究だろうな。煮たり、焼いたりするんだ」

と、北斎がうなずいた。

「そのとき、近隣にはひどい臭いが流れたらしい。文句が出てやめたが、集めた鉱物は土に沁み込んだのではないかというのさ」

「なるほど」

「このとき、近所の抗議があって、用人が相手をした。当初は、毒ではないと言い張ったが、そこの土を金魚鉢に入れてみようと言い出すと、弱い毒があると、しぶしぶ認めたんだそうだ」

「弱いったって、どれくらいかはわからないんでしょ？」

と、お巳よが言った。

「そうなんだ。だが、時が経《た》つうちに、そんなことは次第に忘れられていた。ところが、この土地に魚市を立てるという話が持ち上がった。伊豆の海で獲れる魚や干物や海産物を江戸に運んでこようというのさ。とくに初がつおのときには、短期間で莫大《ばくだい》な儲《もう》けを出そうって魂胆なんだ」

「でも、市なんか、やたらに立てられねえだろう？」

と、佐平次が言った。

「そうなんだが、築地はもともと海っぱたにあるから、小さな市はある。いまもそっちにあるだろ。日本橋まで持っていかず、ここで売ってしまおうという漁師もけっこういるのさ」

「なるほど」

「だが、こんな毒をまいたようなところで食いものの商売をやられてみねえな。必ず、おれたちの口に入ってくるんだ。それで、この問題は見過ごしてはいけねえと、有志が集まり、ふたたび騒ぎ出したってわけさ」

「それで、お前さんが頭領格？」

「ちがうよ。頭領格はあちらのお三方だ。左から、蘭方医の秀庵さんに、近所で手習いをしている儒学者の谷川忠仁先生、それに本願寺の子院である金念寺の慈海和尚」

「坊主は魚を食わねえだろ」

と、北斎が言うと、

「てめえが大事で言うんじゃねえだと。たいしたもんじゃねえか」

魚政が三人を尊敬しきった目で見た。

「いやあ、いろいろ、ありがとうございました」

佐平次は頭を下げた。

「ちゃんと書いてくれよ」

「まあ、あっしらもいろいろお咎《とが》めの筋があるんでね」

適当なことを言ってごまかした。

四人は向こうにもどって行ったので、佐平次も帰ろうとすると、

「ねえ、お前さん」

と、いつの間にか塀の向こうのほうに行っていたお巳よが、佐平次を呼んだ。

「なんでえ？」

「ほら、ここにヘビ穴があるだろ」

たしかに塀にくっつくように穴が開いている。佐平次が開けたわけではなく、前か
ら開いていたものである。

「ほんとだ」

「チョロ助にくぐらせてみたんだよ」

「毒の土地だっていうぜ」

「チョロ助だって毒があるし」

「そういうものでもなさそうだがな」

「でも、大丈夫だったよ。中を一回りしてもどってきたけど、ほら、元気そうだろ」

チョロ助はとぐろを巻き、いきなり鎌首を持ち上げて佐平次に食いつきそうなしぐ
さを見せた。

「どれ、どれ」

佐平次はそのヘビ穴をさらに広げてみた。ミミズが出てきた。ということは、変な
臭いはしてもそう強い毒ではないかもしれない。深山にも毒のある土地があったりす
るが、そういうところにはミミズもいない。

あぶなくて掘れないかと思ったが、そうでもなさそうだった。

「よし、できた」

と、ずっと筆を動かしていた北斎が言った。

手帖を見せてもらうと、文句を言われて肩をすくめている若い男や、医者と儒学者と坊主、そして魚政という法被を着た男たちが描かれている。特徴がよく摑《つか》まれていて、まさにさっき目の前にいた男たちである。

「ん？」

一つ気になった。正義の有志たちにしては、人相があまりよろしくないのである。とくに、医者と儒学者と坊主の人相は、いかにも一癖ありそうである。

佐平次がそんな感想を言うと、

「ほう。だが、おれにはそう見えたがな」

北斎は首をひねった。

「先生の目が、当たってるのかもしれないよ」

と、お巳よが言った。

「穴屋。おめえ、面倒なことに首を突っ込んだかもしれねえぜ」

「やっぱりそう思いますか？」

「おめえのことだから、曲がったことはしたくねえんだろ？　だが、この世ってところはそう単純なもんじゃねえ。おれなら、そういうときはしらばくれて逃げるぜ」

「なるほど」

築地の穴に首を突っ込むか、逃げるか。逃げれば三十両は夢のように消える。

五

佐平次の家に、今日も隣りの長屋の女房たちが集まってきていた。おうめ、おいと、おちょめ、おせん。名前もちゃんと覚えた。

佐平次はいつものように、最初にいきなり六百枚の穴を開けてしまうと、あとは女房たちのおしゃべりに適当な相槌を打っていた。本気で仕事をしたら、女房たちの分も奪ってしまう。それはかわいそうというものである。

女房たちの話題はいつも目まぐるしく変わるが、今日は町内の天ぷら屋の悪口に終始していた。

「ほんとひどいやつだよ、あの天ぷら屋は」

「おいとさんもそう思うかい?　あたしもそう思う。油は悪いし、ネタも腐りかけのやつをずいぶん使ってるよ」

「この前なんか、猫が咥《くわ》えていたイワシを奪って、それを揚げてたんだよ」

「うそぉ」

「それ、売ってたの？」

「売ってたわよ。すっとぼけて」

「そういうの、子どもが食べたらまずいじゃない」

「まずいよ」

「言っといたほうがいいよ。あそこで買っちゃ駄目だって」

「福一長屋のおためさんとこの子、あそこで毎日、買い食いしてるよ」

「おためさんにも言ってやったほうがいいよ」

「そのうち、犬猫だの、ヘビだのの天ぷらが出てくるよ」

お巳よがいなくてよかったと、佐平次は思った。

それにしても、長屋の女房たちの舌鋒《ぜっぽう》は鋭い。こんなふうに悪口が長屋周辺に広がっていけば、天ぷら屋の商売もずいぶん難しくなるだろう。

女房たちは一刻ほど大いに気炎を上げ、それぞれ二百枚ほどの竹の板に穴を開けて帰って行った。

耳の中にまだ女房たちのざわめきが残っているようで、ちょっと昼寝でもしようと思ったところに、

「穴屋さんはご在宅かい？」

と、この前の伊豆屋のあるじが来た。

「ああ、どうも」

「期限の十日は明日までだよ」

「そうですね」

と、佐平次は気のない返事をした。

「穴屋さん。まさか、難しい仕事だから断わりたくなってきたんじゃ？」

伊豆屋が不安げな顔をした。

「難しくはないですがね」

どんなに崩れやすいところでも穴を開けることはできる。豆腐の山に青の洞門《どうもん》だって掘ってみせる。だが、気が進まない仕事というのはある。

「じつは、もしかしたら、二つ掘ってもらうかもしれないんだよ」

と、伊豆屋は言い出した。

「二つ？」

同じ敷地の中に井戸二つは要《い》らない。

佐平次の頭の中で、何かがぴかりと光った気がした。

「もちろん、倍とはいかないが、いくぶん足させてもらうよ」

三十両だけでも大きいのに、それにおまけがつく。餌《えさ》の大きさに目まいがする。

だが、そこを踏ん張って、佐平次は言った。

「ちっと、待ってくださいよ。伊豆屋さん」

「えっ。あんた、どうしてあたしの名を？」

「調べさせてもらいました」

「調べた？」

「じつはね、あっしの商売でいちばん依頼が多いのは、蔵を破るので穴を掘ってくれなど、泥棒からのものなんです」

「あたしは、そんな」

「ええ。ただ、そういう悪事にかかわるものでないか、いちおう依頼人のことを調べるんです。こっちの身を守るためにね。今度の話は変な話だが、泥棒だの、夜這いだのという匂いはしない。だが、どうしてろくな水も出ないところに大金をかけて井戸を掘らなくちゃならないのか。お宝でも埋まっているのか。いくら考えてもわからないし、わかるわけがない。なにせ、推測の手がかりが少なすぎる。でも、いま、井戸を二つと言われて、やっと気がつきました」

と、佐平次はさっぱりした顔で言った。

「何をだね？」

「井戸の穴ではなく、ほんとは土が欲しいんじゃねえですか？」

「…………」

伊豆屋のあるじの顔が凍りついた。


佐平次の家に上げてもらい、茶をすすりながら伊豆屋功兵衛が語った話は、だいたいこういうものだった。

あの土地に、青山家の知行地の伊豆稲取あたりで獲れる海の幸を運んで、江戸の人たちに売りさばきたいという計画は本当だった。

ただ、あの土地に問題があるという話が持ち上がった。

ずいぶん古い話だが、毒物騒ぎがあったのは本当のことである。

野良の犬猫がときどき死んだりしたのも嘘ではない。ただ、それについては、土地に染み付いた毒のせいではなく、誰かが最近、石見銀山《いわみぎんざん》を撒《ま》いたんじゃないかという疑いが出てきているらしい。

困っているところに、青山家で古い文書が見つかった。

それは、青山家別邸でおこなわれた舎密の実験で起こりうる危険性と対策について書かれたものだった。

そして、持ち込んだ大量の石のかけらから毒が発生した場合、ご近所にも秘密裡《ひみつり》におこなうことができる解毒の策について書かれてあったのである。

策とはこうである。

まず、大きく深い井戸を掘り、中の土を掘り出す。

次に、汚染した土の表面を削り取るようにして、穴の開いた井戸の中に埋めてしまう。そうしたうえで、井戸から掘り出した土を、表面が削られたところに置いていく。

これで、周囲にも知られないまま、問題を解決できてしまう。

「へえ。誰がそんなことを考えたんでしょうね？」

「平賀源内という四十年ほど前に亡くなった偉い学者が書き遺したそうだよ」

「平賀源内……」

聞いたことがあるような、ないような……。

「ほら、エレキテルをつくったり、いろんな戯作《げさく》を書いたりした人さ」

　正確には、平賀源内はエレキテルこと摩擦式起電装置をつくったわけではない。長崎でこわれていたものを見つけ、これを七年もかけて修理して使えるようにしたのである。

　ただ、電気の知識がほとんどないまま、修理に成功したというのは、やはり独特の才能によるところが大きい。その後は、この復元したものと同様のものをいくつかつくったりもした。

「ああ、エレキテルのね」

　それはいまでも、祭りの見世物小屋などに登場する。

「でも、その源内って人もよくわからねえ。そんなことをするなら、よそから土を運んでくればいいじゃねえですか」

　と、佐平次は言った。

「もちろん、したよ。だが、おおっぴらにやれば、いかにもこの土地は危険そうに見える。しかも、一度そっと土を運び入れようというので、風呂敷に入れて持ってきたが、見張りのやつらに包みを切られたりして騒ぎになった。やっぱり、塀の中でひそかに処理し、平賀源内の文書とともに奉行所に報告して、お墨付きをもらってしまうことにしたのさ」

「なるほどね」

したたかだが、聞く者をうんざりさせるような策謀である。

「伊豆屋さん」

「なんだい？」

「悪いが、あっしはこの話、断わらせてもらいます」

と、佐平次は言った。

「まさか、あいつらの肩を持とうってえのかい？」

「そうじゃねえ。どうも、いま、急いで何かやればやるほど、茶番になっていくような気がする。こういうときは、ちっとようすを見させてもらうことにしてるんで」

「ふうん。そうかい」

伊豆屋はがっかりした顔を見せた。そんなときの顔は、けっして悪人には見えない。

「この話、やっぱり無理だったのかもしれないな」

「え？」

「いやね、最近、うちの店の周りで、女たちの噂が飛び交っていてね」

「どういう噂ですか？」

「伊豆屋が扱う海産物には毒が混じってるかもしれないんだと。子どもには絶対に食べさせないほうがいいと。たぶん、南小田原町の騒ぎが伝わってきてるんだ」

「ああ、なるほど」

「女たちの噂話ってえのは止めようがないんだよ。止めようとすればするほど、逆に広がっていく」

「たしかに」

さっきここでしゃべっていた長屋の女房たちの話がまさにそうだった。あの人たちをなめると、店などはたちまちやっていけなくなるに違いない。

「とくに、あたしどもが扱う品は、コンブやワカメ、海苔《のり》などといった女が買い、女が利用するものが多いのでね。そうした噂が出ると、たちまち売上げは激減するんだよ。いや、現に減り始めている」

「そうですか」

「男どもの抗議なんて所詮、金の吊り上げが狙いだったりする。あるいは、どこかに自分に都合のいい思惑《おもわく》がある」

「そうなんですか？」

「あの人たちだって、三百両で折れそうなところまできていたんだ」

「なんてこった」

やはり、北斎の絵は真実を見つめていたのだ。

「ところが、女たちというのは金狙いじゃない。純粋に子どもの身体《からだ》のことを思っているだけで、買収もききやしない」

「それはそのとおりです」

と、おうめたちの顔を思い浮かべた。

「諦《あきら》めるよ。あそこに市場をつくるのは無理だろうね」

伊豆屋のあるじはさっぱりした顔で言った。

「それがいいですよ」

と、佐平次もうなずいた。

別れぎわ、伊豆屋はしみじみと言った。

「噂の穴屋の技。じつは楽しみにしてたんだよ」

「そうですかい。今度は、あんまり人の思惑がからまねえ穴を持ち込んでくだせえ」

佐平次だって、泣く泣く三十両を諦めたのである。

この数日後――。
佐平次はもうひとつ、依頼を断わる羽目になった。

「ちと、すまぬが」

と長屋を訪ねてきたのは、あの三人のうち、金念寺の慈海和尚ではないか。近くで見るといっそう袈裟《けさ》は豪華できらびやかだった。

「穴を三十ほど、大急ぎで掘ってもらいたいんだが」

「三十？」

「大きめの穴だが、穴屋ならやれる」

「そう決めつけられてもねえ」

坊主が掘れという大きめの穴といえば、墓穴と相場は決まっている。

「一穴一両でやってもらう」

「嫌だよ。悪いがあんたたちの問題にはかかわらねえことにした」

にべもなく追い返してしまった。

六

いったんは諦めた金だったが、この世というところは捨てる神がいれば拾う神もいたりする。

おかみさんたちが、「穴屋さんにぴったりの話」というのを持ってきてくれたのである。

なんでも、扇をつくったり売ったりしている江戸中の業者が集まって、「人生の要くらべ大会」を開催するらしい。くらべるのは、もちろん、扇の要の穴を開ける速さ。四半刻のうちにいくつ穴を開けられるかを競うのだそうだ。

佐平次はこれに参加した。結果は次の通りだった。

三位、牛込原町のおてつ、五百八十九枚。

二位、本郷竹町のおふね、六百二十一枚。

一位、本所緑町の佐平次、七万二千枚。

賞金五十両は、佐平次が獲得し、以後の出場を禁じられた。なお、主催者側から、

「人生の要はなんだと思います?」

と訊かれた佐平次は、自信たっぷりに答えたものだった。

「人生の要も、扇の要といっしょで穴でしょうな」

あの土地で面白いものが見られるという話をお巳よが聞きつけてきたので、佐平次は北斎とともにもう一度、築地の南小田原町に行ってみた。

高い塀はすべて取り外されていたが、かわりに杭《くい》が打たれ、縄で囲まれていた。

その中で、金念寺の慈海和尚が、一生懸命、鍬《くわ》をふるっている。

和尚に、こっちから儒学者の谷川忠仁と医者の秀庵、それに魚政の三人が文句を言っていた。

「和尚。こんなところに墓なんかつくるな」

「死んだ人が化けて出るぞ」

「墓地はそっちの寺領にもあるだろう。進出してくるんじゃねえ」

だが、和尚は何を言われてもしらばくれて、穴を掘っている。もっともその格好はひどくへっぴり腰で、そのうち腰でも痛めるのは間違いない。

このあいだ、佐平次のところに依頼にきたのは、この墓穴を三十ほど掘って欲しかったのだろう。この前まで仲間だった人たちに反対されるのは目に見えていたので、たちまち既成の事実をつくってしまおうとしているに違いない。

「お前のお経じゃ、犬猫くらいしか成仏できないぞ」

「埋めたってあばいてやるからな」

「まずは、お前が入れ」

抗議は次第に過激になっていく。

「北斎先生、もういいです。帰りましょう」

いささかうんざりしてきた。

「ああ。これがこの世なんだよ、穴屋。くだらぬ茶番が果てしなく繰り返されていくのさ」

北斎が達観したような口ぶりで言った。

佐平次と北斎が南小田原町をあとにしようとしたとき――。

本願寺のほうから、直角に交わるように三人の男がやって来た。

「そこだ、そこ。源内さまが昔、稲取緑青石《ろくしょうせき》を大量に持ち込んだのは」

と、一人が例の土地を指差した。

「なんか、もめてるみたいだぜ、兄貴」

騒ぎはもっと過激になって、慈海和尚は外に引きずり出されようとしている。

「それより、待て。いま、あっちに行こうとしているあの爺《じじ》ぃ、葛飾北斎だ」

「何？」

「ほんとだ。やっぱり、あの馬鹿といっしょに死んだというのは嘘だったんだ……」

男たちの眼差《まなざ》しに強い殺意が浮かび上がっていた。

第四話　幽霊の耳たぶに穴

冬の雷が鳴っている。

夏の雷が頑固《がんこ》おやじの怒りなら、冬の雷は高貴な女の嫉妬《しっと》のようで、どこか陰湿な感じがある。

暮れ六つ（およそ六時）にはまだ間があるかと思ったが、すでに真っ暗で風が家中を揺さぶりだした。

「あら、まあ、やあね」

おちょうは、そう言って、下働きの婆《ばあ》やを呼んだ。

肝が太いというか、図々《ずうずう》しいというか、恐れを知らぬ風情《ふぜい》のおちょうも、この雷にはあわてて雨戸を立てさせた。

「おや、タマが？」

可愛がっている猫が見当たらない。雷に怯《おび》えたのか。だが、タマは犬のようには雷を怖がらなかったはずである。

「タマちゃんや」

ろうそくを片手に、亡くなった夫——仁天堂《じんてんどう》の先代の書斎のほうへ行った。

いま、この部屋は頑丈な鍵がかけられ、おちょう以外の者は入れないようにしてある。仁天堂が創業のころから付き合いの深い大鷲藩《おおわし》の江戸藩邸の用人から、そうしたほうがいいと言われているのだ。

「どうも、国許《くにもと》の勘定方が死んだ喜左衛門をだまし、不正をおこなっていた。その証拠を隠滅するため、何かしてくるかもしれぬでな」

とのことだった。

大鷲藩というのは派閥《はばつ》争いがひどく、おちょうのような者には訳がわからないが、とりあえず国許の連中よりは江戸藩邸の人たちのほうが話はわかるし、用人もいい男だし、そっちの言うことを聞いている。

猫を探したがいない。外には行っていないはずである。

ろうそくの火がふわっとふくらんだ。

——あれ？

書斎の隣りに茶室があり、そこの廊下の障子に小さな影が映ったかと思ったら、ぐぐぐっという感じで大きくなった。

見覚えのある影が揺れている。

亡くなった夫。肩のあたりがえぐれているのは、死んだときの傷のせいなのか。

「きゃああ」

悲鳴と雷の音が混じり合った。

そのせいなのか、誰も駆けつけてこない。

「耳に……」

障子の向こうでくぐもったような声がした。

「え?」

「耳たぶに穴を開けてもらいたいんだ……」

一

火鉢にかけた大きな土鍋がぐつぐつ言い始めた。穴屋の佐平次《さへいじ》、女房のお巳《み》よ、いまは同じ長屋にいる葛飾北斎《かつしかほくさい》の三人が、それを囲んで、ふたを開けるときを待っている。

吹き零《こぼ》れないよう、お巳よが炭火を灰で埋め、

「うまいよ、今日のおでんは」

と、自慢げに言った。

「おでんのタネでは何がいちばん好き？　あたしは、ひょろ長いヘビは好きだけど、おでんのタネは丸いほうが好きなんだよ。ダイコン、揚げ、玉コンニャクがあたしにとってのおでんの三種の神器かな」

「おいらは違うぜ。ちくわ、タケノコ、ギンナンの三つだ」

と、佐平次は言った。

「なんだい、どれも穴がらみじゃないか」

「え？　ちくわとタケノコは真ん中に穴があるけど、ギンナンは穴なんかないぜ」

「串で穴を開けるじゃないか」

「なるほど」

と、佐平次は納得した。やっぱり穴とは縁が切れないらしい。

「北斎さんは？」

と、お巳よが訊《き》いた。

「おれは、まず、アワビだな」

「おでんにアワビ？」

「次にナス」

「そりゃ食べたことないよ」

「だが、いちばんうまいのは、牛の肉の塊だ。煮込んだ牛の脂ってのはこたえられねえ」

「へえ」

北斎の三種の神器には、お巳よも佐平次もおったまげた。

「たしかにうまいかもしれねえ。でも、北斎さん、それをおでんというかね？」

「こっちがほんとのおでんなんだ」

と、北斎は言った。この人に決まりごとは通用しないのかもしれない。

近ごろはこうやって、三人で火鉢を囲みながら雑談に興じることが多い。さっきまでは、いくつになったら仕事で悟りが得られるか、という話をしていた。

「北斎さんはいくつの歳《とし》で悟りを？」

と、佐平次が訊くと、

「馬鹿を言うな。悟りなんかまだまださ」

「日本一を自負する北斎さんが？」

「日本一だから悟ったとは限らねえのさ」

本気でそう思っているらしい。

どうやら佐平次も、果てしなく深く穴を掘りつづけていかなければならないらしい。

と、そこへ――。

「ごめんください。こちら、穴屋さんのお宅で？」

「おや、女の客だ」

腰高障子が開いた。

いちばん先に声を上げたのは、お巳よだった。

「あ、猪鹿《いのしか》おちょう」

「まあ。蛇神《へびがみ》のお巳よじゃないか」

客もお巳よを指差して言った。

佐平次には旧知の客である。だが、お巳よとも知り合いだとは知らなかった。

「これは、仁天堂のおかみさん。うちのやつと知り合いでしたか」

「ええ、まあ」

微妙な顔をする。

「それはともかく、何かありましたか？」

「ええ、じつは昨夜《ゆうべ》、うちの人が出たんです」

「出たって……まさか」

「はい。幽霊が」

これには佐平次ばかりか、お巳よも、いっしょにいた北斎もぎょっとした。

仁天堂というのは、花札や囲碁、将棋などの遊び道具の製造、販売で有名な店である。十数年前に出した花札の柄が洒落《しゃれ》ていて、売れに売れ、いまでは知らない者がいない有名な店になった。

その仁天堂の主人の喜左衛門が、三月《みつき》ほど前に急死したのだった。

しかも、死に方がよくない。

辻斬りに遭ってばっさりやられたのである。

その喜左衛門の幽霊が出たらしい。

「それで、そのうちの人の幽霊が、耳たぶに穴を開けてくれって言ったんです」

「耳たぶに穴を」

「あたしもくわしくは聞いてなかったんだけど、穴屋さん、何か頼まれていたんでしょ？」

「そうなんです。頼まれていて、寒いときは痛みがひどかったりするので、もうちっと暖かくなってからにしましょうと、そんなふうな約束だったんですが。そうですか、亡くなっても耳たぶに穴を開けたいと？」

「いくら穴屋さんでも、これぱっかりは無理だよね」

「おかみさんには悪いが、あっしに開けられねえ穴はねえんですよ」

思わずムキになってしまった。

「頼もしいねえ」

「ただ、出もしねえ幽霊は無理です。ほんとに出るんですかい？」

「それは絶対に」


佐平次が依頼を引き受けると、おちょうは安心して帰って行った。

「猪鹿おちょうが仁天堂の後妻にね」

と、お巳よは驚いて言った。

「そうなのさ。二年ほど前だったかな」

「あたしも昔、やさぐれていた手前、他人のことはとやかく言えないんだけど、あまり評判のいい女じゃなかったよ」

「わかってるよ」

亡くなった旦那に、直接、「なんで、あんな女を?」と訊いたヤツがいる。旦那は、「うちの店の花札に出会わなかったら、あいつもあんな道に入らなかった。責任を感じたからさ」と、答えたという。

「どうせ、財産めあてじゃないか」

「そりゃまあそうだろうが」

五十半ばの旦那のところに、お巳よりわずか二つ三つ上の女が後妻に入るのだから、そんな思惑《おもわく》がないわけがない。

ただ、前妻の子はすでに二十八歳と二十六歳になっていて、どちらもしっかりしているうえに兄弟仲もよく、後妻の付け入る隙《すき》はない。できるだけ多く、手切れ金をもらうくらいしかできないだろう。

「おちょうとは賭場《とば》で勝負したりしたのかい?」

「それはなかったよ。あたしは喧嘩《けんか》のほうはしてたけど、バクチにはあまり手を出さなかった。でも、いろいろと評判は聞いていたのさ。あの人の花札はイカサマもあるけど、立て膝《ひざ》をしたり、胸元を見せたり、色気でくらくらさせてからやるので、なかなか見破られることがなかったそうだよ」

どうも、佐平次までおちょうの色気にたぶらかされるのを心配しているらしい。

「おいらも仁天堂の旦那にはずいぶん世話になった。生きてたときからの依頼だもの、死んだからいいやってわけにはいかねえさ」

と、義理堅いところを見せた。

「ところで、なんで耳たぶに穴なんか開けなくちゃならないのさ？」

「それは、お釈迦《しゃか》さまにあやかったらしいぜ」

「え、お釈迦さま！」

お巳よはバチが当たったような顔をして驚いた。

「おいらもくわしいことはわからねえ」

佐平次が首をかしげると、北斎は苦笑いして、

「お釈迦さまの像をよく見てみな。ちゃんと耳たぶに穴が開いてるから。あれは、お釈迦さまがまだ若いころに、ちゃらちゃら遊んでお洒落をしていたころの名残《なご》りなんだ。耳に穴を開け、そこに飾りをぶら下げていた」

と、言った。

「へえ、お釈迦さまも若いときは遊び人だったのかい。何だか親しみがもてるねえ」

「ただ、耳輪のあとは観音さまにもあったりする。そこはよくわからねえんだが」

北斎は向こうに観音さまがいるような目で天井を見上げた。

「そりゃあ、観音さまも若いときは遊んだのさ」

「ま、いろいろ失敗もしねえと、悟りも得られねえのさ」

二人の感想に、

「そういうことにしとくか」

信心深い北斎だが、妥協したらしい。

「ずっと大きな商売をしてきた人だから、そうそうきれいなことだけやってきたわけではねえだろうよ。だが、信心深い人だったんだ。すべてお釈迦さまにあやかることなんてできっこないが、耳の穴くらいは真似できる。穴屋さん、お願いしますよ……と、そういうわけさ」

「お前さん。でも、これって、あんたにとっても最大の難題始末になるんじゃないのかい？」

「なんでだい？」

「だって、幽霊に穴でしょ。ほんとにいるの？　おちょうの言うことでしょ。見たのはあの人だけでしょ？」

「まあ、そうだが、幽霊はいるだろう。ねえ、北斎さん」

「ああ、いる」

ご飯は白いとか、目は眉毛の上ではなく下にあるとか、当たり前のことを言う調子で北斎はうなずいた。

今回は、いつものように依頼人のあとをつけたりはしない。

仁天堂のことは昔からよく知っている。

二

仁天堂の別宅は、別宅といっても、江戸のど真ん中にある。京橋のすぐそばで、南伝馬町の本店にも近い。

長屋でも建てたらかなりの家賃は取れるだろうというおよそ三百坪を黒板塀で囲み、庭も多くの樹木で覆われている。落葉樹はほとんど葉を落としたが、常緑樹だけでも豊かな緑がある。

とくに、花札に使われる桜や松の木々や萩や牡丹の花々は、目立つところに配置されているらしかった。

南町奉行所も八丁堀も近い。安心しきっているのか、女があるじにしては同居する者も少ない。風呂や飯の世話をする老夫婦と、ちょっとぼんやりした本店の手代が泊まりこんでいるだけらしい。

佐平次は早々と夕飯を出してもらい、道具の準備をするうちに、暗くなってきた。

書斎の先に茶室がある。ここは後になって建てられたらしく、茶室の玄関を建て増しするのに三間《げん》ほど廊下が延ばされ、書斎のほうから見ると、そこは障子戸で区切られている。その障子に出たらしい。

「ここんとこで見張るといいよ、穴屋さん」

「おちょうさんは？」

「あたしはそっちで……」

と、遠くに下がってしまう。自分の旦那の幽霊なのに、ちっと冷たいのではないか。

佐平次のそんな気持ちを察したらしく、

「一人のときでないと、出ないいんだよ。手代のごん助を呼んだり、いっしょにいたりすると消えてしまいましたから。なあ、ごん助？」

「ほえい」

真ん丸い顔の手代がとぼけた返事をした。

亡くなる前に、雇うと約束していた旦那の遠い親戚の者だそうである。ところが、あまりにも失敗が多くて、店では使えない。力はあるから、おちょうが、荷物持ちと用心棒をかねて連れ歩いている。

おちょうがこの手代のことを、あまりにもぼけだの馬鹿だのと言うものだから、かわいそうになってしまうくらいだった。

そのごん助の喉《のど》が、ぐえっと鳴った。

障子に旦那の影があらわれた。

前ぶれも勿体《もったい》ぶることもなく、あまりにもあっけらかんと出てきたので、幽霊などではなく、落語の前座がめくりでもまくりに出てきたのかと思ったほどだった。

「あ、あれだよ」

後ろでおちょうが押し殺した声で言った。

「ほんとだ。旦那……」

佐平次は、思わず手を合わせた。

「拝むより、穴だろ」

「へい」

月影の幽霊。耳ははっきりわかる。

足のほうはぼんやりしているみたいである。

槍《やり》でも突くように、障子にさっと柄のところを長くした錐《きり》を突き出した。同時に両方の手のひらをこすり合わせ、錐の先を回転させる。

「やったかい？」

と、おちょうが期待のこもった声で訊いた。

戸を開ける。そこに幽霊が耳から血を流して……なんてことはあるわけがない。影もかたちもない。


二晩目は、茶室の廊下の内側にひそんだ。

昨夜と同じ場所に出てくれたら、まともに幽霊と鉢合わせする。仕事にはそのほうが都合がよくても、あまり楽しみな対面ではない。

夕飯に好物のあんかけ豆腐が出たので、飯を三杯もおかわりしてしまい、胃がもたれている。満腹で幽霊を待つというのは、身体《からだ》によくないかもしれない。

さわさわさわ……。

ほんとの音ではない。たぶんそういう気配である。

次いで、生臭い匂いがしてきた。鳥肌が立ち、額のあたりがぴりぴりする。

「うわっ」

思わず悲鳴を上げた。

「穴屋さん。あの人が出たのかい？」

ずっと遠くでおちょうが訊いた。

「お、お出ましになられました。うわっ、まだ傷は治っておられないらしく……旦那。失礼！」

目をつぶるように、錐を突き出した。

「うまくいったかい？」

おちょうと、その後ろからぼうっとした手代のごん助が、いつでも逃げられるような体勢でやって来た。

「駄目でした。突き刺したと思った瞬間、すうっと消えてしまうもんで」

幽霊も老いるたんびに薄くなり

そんなこんなの繰り返しで半月ほど経《た》ったころ――。

目に隈《くま》をつくってげっそりしている佐平次に、

「いかな穴屋とはいえ、幽霊に穴を開けるのは容易なことではないみたいだな」

と、北斎は言った。

「まったくでさあ。幽霊の耳たぶに穴を開ける本なんてのがあれば楽なんですが、そんなものはあるわけがねえ。これでもいろいろと文献を漁《あさ》りました」

「ほう、文献をな」

「その結果、幽霊の耳に穴を開けるためには、三つの条件が必要なことがわかりましたよ」

と、佐平次は手帖に目を落としながら言った。

「聞かせてもらおうか」

「まずは、速さです。ぱっと突き刺し、ぱっと開ける」

「そりゃそうだろう」

「幽霊の個性を見極めることも大事です。すぐに消えるのか、ゆらゆらとしばらく漂っているのか、一口に幽霊と言っても皆、個性があるんです」

「なるほどな」

「そして、最後は伝説の道具〈影刺し丸〉。この三つがそろわないと、幽霊の耳たぶに穴を開けることはできません」

と、佐平次はきっぱりと言った。

「それで、努力はしたんだろ？」

「もちろんですよ。速さの訓練はわりにうまくいったと思います。速さを出すには自分の力を高めるしかないんです。本当なら木刀でも振り回せばいいのかもしれないが、ヤットーの稽古なんざしたくねえ」

「似合いそうだがな」

　北斎は鋭い目で佐平次を見た。

「何をおっしゃる。そのとき、全身の力をつけるには、舟を漕《こ》ぐのがいちばんだと聞いたことがあるのを思い出しましてね。仁天堂の別宅には、舟遊び用の小舟があった。幽霊の耳に穴を開けるためなのだからと、あれを借りることにしました」

「漕いだのか？」

「一日、二刻《ふたとき》ずつ十日間、佃島のまわりを小舟で回ってました。それで、ほれ、この通り」

　たしかに力こぶは大きくなっている。

「次に、幽霊の個性ですが、これも見極めたと思います。あの旦那は、生前から照れ屋のところがあったので、こっちをおずおずと窺《うかが》うように出てきて、見られたと思うとさっと消えてしまう。だから、ほんの一瞬を狙《ねら》わなければならないこともわかりました」

「ほう」

「ただ、伝説の道具〈影刺し丸〉はついに入手できなかったんです。これは、武蔵坊弁慶が七つ道具の一つにしたいと思っていて果たせなかったものだそうですが、文化二年に京都のうらぶれた骨董屋《こっとうや》にあったところまではわかっているそうです」

「そこだけ年号が入るところが嘘臭《うそくさ》いがな」

「また、そういうことを。とにかく、そこで行方がわからなくなった。好事家《こうずか》たちがいまもやっきになって探しているのですが、いまだに発見されていないそうです」

「ふうむ」

「仕方なく、手持ちのいちばんいい道具を使いました。もののよさでは〈影刺し丸〉にだって負けないくらいなんですぜ。だが、悔しいかな、伝説がない。幽霊てえのは伝説を好むんでしょうね。穴を開けようとすると、ふっと馬鹿にしたような笑みを浮かべて消えてしまうんでさあ。参りましたよ」

佐平次はそう言って、頭を抱えてしまった。

「そう悩むな」

「悩みますよ」

落胆する佐平次を、隣りで話を聞いていたお巳よがなぐさめた。

「もともと無理だったんだよ、お前さん」

「そうは思いたくねえんだ」

穴屋の意地もあるのだ。

「おれも描きてえなあ。穴屋、その幽霊に逢わせろ」

「でも、ほかに人がいると消えちまうんでさあ」

「照れ屋の幽霊か」

「それに、初老の男の幽霊ですからね。色っぽくもなんともねえですよ」

「ふん。では、見たとおりをくわしく教えてくれ」

北斎の描く妖怪はきわめて怖い。あれ以上、怖いものを描いたら、逆に嫌がられるのではないか。

「でも、影だけですからね」

「この前は、真正面から見たって？」

「ああ、一度だけ、生の姿を」

「耳はあったか？」

「耳はありますよ。それに穴を開けようってんですから」

「ほう。耳はあるのか……足は？」

「足はなかったですね」

「耳はあるが、足はねえとな……」

「北斎さん。何でそんなにくわしく訊くんですか？」

「助けてやろうってえのさ。おれが仁天堂の旦那の幽霊の絵を描く。おめえはその幽霊の絵の耳に、穴を開けたらいいじゃねえか」

北斎がそう言うと、佐平次は、

「そんなわけにはいきませんよ」

と、怒ったように言った。

北斎、じろりと佐平次を見て、

「穴屋。仁天堂はほんとに死んだんだろうな？」

三

「幽霊騒ぎだってな」

と、北斎の娘のお栄がお巳よに言った。

お栄はもう四十を過ぎた歳ごろだが、男みたいな口を利く。容貌も顎《あご》ががっちりして、目鼻立ちも北斎に似てどれも大きく、男のようである。

「そうなんですよ。幽霊ってのは、夏が相場だと思ってました」

「そうでもないらしいよ。外《と》つ国あたりじゃむしろ夏よりも冬に出るって、おとっつぁんが言ってた」

「北斎さんが」

北斎は南蛮や清国《しんこく》の書物などにもずいぶん目を通す。言葉なんかわからなくても、高い書物をどんどん買い込んでいる。

「それも、うちがいつもぴいぴいしてる理由の一つなのさ」

と、お栄が愚痴《ぐち》っていたこともある。

二人が出会ったのは、両国橋の上である。別々に買い物に行った帰り道だった。

このところ天気は不安定だったが、今日はまさに冬晴れ。一片、二片の雲がくっきりと浮いているだけで、むしろ空の青さを強調している。橋の上を吹く風が冷たいけれどさらさらして、気持ちがいいくらいである。

「あ、うなぎ、おいしそう」

お栄が橋を渡り切ったところで足を止めた。

屋台のうなぎ屋が出ている。お栄は料理もほとんどせず、北斎の家はたいがい店屋《てんや》ものの出前で済ましている。

二串《くし》買って、一つをお巳よに手渡してくれようとしたとき、

「あっ」

「凄《すご》い」

手と手が触れて、パシッと火花が出たようになった。冬になると、ときどきこんなことが起きるが、ここまで凄いのはめずらしい。

「凄いんだよ、あたし」

「でも、お栄さんらしい。才能があふれてる感じ」

と、お巳よは言った。じっさいお栄の絵は素晴らしく、ときどき北斎の代筆までしているが、誰が見ても区別がつかないほどだという。

この前は、吉原の夜の花魁《おいらん》たちを描いていた。

光と影の中に花魁たちの姿が浮かび上がったその絵は、切ないくらいに美しくて、しばらく見入ってしまったほどだった。

「才能は関係ないさ。これって、エレキテルなんだよ」

と、お栄は自慢げに言った。

「そうなの」

「そういえば、幽霊もエレキテルなんだって説も聞いたことある」

「へえ、エレキテルか」

「魂がエレキなら、あたしはものすごいお化けになりそうだ。あっはっは」

お栄はお巳よの肩をぱんと叩《たた》いて、大声で笑った。

冬晴れに女エレキの自慢をし

数日後――。

お巳よは、両国の広小路にやって来た。この前、通りかかったとき、エレキテルの見世物が出ていたのだ。なんとか、佐平次の手助けをしたかった。

「これだ……」

閻魔《えんま》のべろみたいに、毒々しいほど大きな赤い字で書かれた〈エレキテル幻術一座〉という看板がまだ出ていた。

その隣りの絵看板は、いったいこの小屋では何が起きているのかと、つい興味を持ってしまうほど変なものがごちゃごちゃ描いてある。

雷神のような、豚のような怪物が、太鼓を叩いて雷を起こしている。

その下に人が数人いて、これは髪の毛が筆のようにおっ立っている。指先からは、線香花火みたいな火花がばちばち飛び散っている。

画面の真ん中にあるのは、取っ手のついた機械らしく、五人ほどの男たちがこれをぐるぐる回している。機械はすさまじい光を出し始めているようすである。

どうやらこれが、エレキを起こすエレキテルらしい。こんなに巨大な機械でエレキを起こしたら、それこそ雷みたいなものが出現してしまうだろう。

――江戸の真ん中でこんなものを回していいのか……。

お巳よはいささかぞっとした。

エレキテルの左手に描かれたものはもっとわからない。山脈のようにも、お尻が並んだようにも見えるもののあいだから、黄色い煙りが濛々《もうもう》と湧き上がっている。これは、猛毒らしく、人々が喉をかきむしって苦しんでいる。

――江戸は、雷と毒煙で壊滅状態になる……。

絵看板を見る限りでは、そう覚悟するしかなかった。

入らずに帰ろうかと思ったが、これも佐平次のためである。

恐る恐る入ると、やっていることは案の定、まったくたいしたことはない。

「木戸銭返せ」

と、思わず言いたくなる。

もっともそれはすべての見世物小屋に共通する。洒落がわかるというのが江戸っ子の自慢だから、よほどくだらなくても文句をつける人はほとんどいない。

鉄だかなんだかわからないが、棒を毛皮みたいなものでこする。

それを近づけると、無数の糸がぱあっと花が咲いたみたいに逆立ったりする。

肝心のエレキテルは、五人がかりで回す取っ手なんてとんでもない。ひとりが片手でくるくると回す程度の大きさである。

それで棒と棒のあいだで、青い火花が出たり消えたりする。きれいなことはきれいだが、火打石を鳴らすのとそれほど違いはない。観賞用にするのだったら、金魚のほうがまだましというものである。

つまらなくはないのだが、どれも同じ原理で見せ方を変えているだけなので、すぐに飽きてくる。

客がうんざりしてきたのがわかると、

「放屁論《ほうひろん》春の宴の始まり、始まり」

という声がした。

十人ほどの男女がぞろぞろ出てくると、尻を振りながら、歌ったり踊ったりする。

しきりにぷうぷう言っているのは、放屁のことらしい。

どうも、表にあった絵看板の毒煙はこれのことだったよう。

あのエレキとこの毒煙では、江戸は壊滅しない。安心するとともに、腹立たしい気持ちにもなる。

しばらく眺め、お巳よはそこにいたこの見世物の関係者らしい男に訊いた。

「幽霊ってエレキテルだと聞いたんですが？」

「そういう説もあるらしいな」

と、偉そうに言った。

なめくじみたいなねっとりした顔をしている。今日もお供をさせているマムシのチヨロ助が、カゴの中でちょっとたじろいでいる感じがする。ヘビはなめくじに弱いという三すくみは本当なのか。

背中は汗でぬらぬらしていそうである。こういう男こそ、エレキテルをがんがん当てて、ぴくぴくいわせてやるといいのに、とお巳よは思った。

「すると、幽霊が出るようなところでエレキテルを流すと、幽霊がはっきり見えたり、幽霊の身体が固くなったりするのでは？」

「ふん、どうかなあ。でも、エレキテルなんて、こんだけこすってこの程度だぜ。幽霊を固めるほどのエレキテルが出せたらたいしたもんだ」

「あら、雷もエレキなんでしょ。凧《たこ》でエレキが取れるって聞いたけど」

と、お巳よは前に凧を揚げていた知らない少年に聞いた話を言った。賢そうな顔をしていたので、たぶん嘘ではないと思う。

「え」

なめくじに似た男が、ぎょっとしたような顔をした。

四

おちょうが手代をつれて、差し入れを持ってきた。

「ほら、ごん助、お出ししなさい」

「はあ、これ」

箱に入ったしゃけの塩引きを無雑作に突き出した。これでひと月ほどは、飯のおかずの心配はいらなそうである。

「穴屋さん。なんとか頑張ってくださいな」

「ええ。あれこれ、知恵をしぼっているのですが」

「それ、すごい書物」

と、おちょうは積み上げた幽霊関係の書物を指差した。

「でも、書物は所詮《しょせん》、書物です。やっぱり頼りになるのはてめえの頭でね」

「まあ」

と、佐平次の頭をのぞきこむようにした。ほんとにのぞかれても困るのだが。

「もうちょっとのところまで来ている気はするんです」

「そうですか。穴屋さんは腕もいいが、頭も切れるって、亡くなった主人も言ってましたっけ」

「だといいんですがね。あと一つ、ぴっと閃《ひらめ》きのようなものさえあれば」

「閃き？」

「ええ。旦那もおいらに何か示そうとしている感じはあるんです」

と、佐平次は両手で何かをかたちづくろうとしながら、もどかしそうに言った。


数日後——。

佐平次は勢いこんで仁天堂の別宅を訪ねた。

「おちょうさん。穴屋ですが……」

なかなか返事がない。いないのだろうか。ちょっと早く来てしまったが、今日も旦那の幽霊には会いに来ることになっていた。

出直すかと思ったとき、

「おや、穴屋さん」

どことなくしどけないようすで、おちょうが玄関口に現われた。

昼寝でもしていたのか、髪もすこし乱れている。

「閃きました」

「閃き……って、まさか」

「ええ。旦那の耳たぶに穴を開ける方法です」

「まあ。では、上がっておくれ」

いつもの書斎のほうではなく、反対側の居間のほうへ通された。

読みかけの黄表紙などが散らかっていて、ふだんはこっちで過ごしているらしい。

「それで、どうするんだって？」

と、おちょうが訊いたとき、

「あれえ、用人さま。お帰りですか」

と、玄関のほうでごん助の声がした。

「しっ」

ごん助がたしなめられたらしい。

その声を聞いても、おちょうはつんと澄ましている。

「ははあ……」

と、佐平次は納得した。何かとつながりの多い大鷲藩江戸屋敷の用人さまに、籠絡《ろうらく》されていたというわけか……。

「穴屋さん。閃きってのを早く」

「ああ、はい。じつは……ここんとこ、旦那の幽霊が何となく黒くて四角ばって見えていたんです。これはいったいどういうことだろうと思っていたのですが、そのかたちからぴんときました。旦那にはご位牌《いはい》はございますよね」

「もちろんですよ」

「その位牌の耳に相当するところに穴を開けるといいのではないか、旦那はそれを言いたいのではないかって思ったんですよ」

佐平次は自信たっぷりに言った。

「穴屋さん。それは何かの間違いよ」

と、おちょうの返事は冷たかった。

「そうでしょうか」

「あの位牌は、黒檀の最高級の位牌。大鷲藩の先代のお殿さまだって、あれより一段下の黒檀だったそうよ。それにあなた、穴を開けるだなんて……」

「旦那のお告げのように思えたのですが」

と、佐平次はがっかりした。

「ちょっと待って。そういえば……」

と、おちょうは不安げな顔をした。

「どうかしましたか？」

「今朝、起きたとき、あたしの手が墨にでも浸したみたいに真っ黒になっていたの。それって……」

そこまで言って、急に激しい恐怖に襲われたらしく、

「きゃあああ」

と、叫んで、がくがくっと震えた。

「おちょうさん。それは黒檀を告げていたのでは」

「そうね。あっ……」

また何か思い出したのだ。

「どうしました？」

「昨夜、食べたおでんのコンニャクの一つが、真っ黒だったの。婆やに訊いたら、そんなものなかったはずだけどって。気味が悪いから食べずに捨てちまったけど、あのコンニャクもいま思うと位牌そっくり……」

「ほんとですね」

「ああ。どうしよう」

「旦那のご遺志で」

おちょうは恐怖に耐えられなくなったらしく、

「あ、穴屋さん。開けて。位牌に穴を。うんとでっかく」

と、震えながら言った。

五

書斎は十二畳ほどの、落ち着いた雰囲気の部屋だった。

花札や囲碁将棋の道具をつくる店のあるじの書斎にしては、書物も置き物も遊び心は感じられない。

仏像もいくつも置かれている。

書画骨董のたぐいは、わが国のものよりは唐《から》ものがほとんどらしい。

北斎あたりにのぞかせたら、また面白い感想が聞けるのではないか。

当のご位牌は、正面に置かれた仏壇の中にあるらしかった。

「いいわね。外に持ち出すのは駄目。ここで作業してちょうだい。そういう約束になっているんだから」

「どなたと約束を？」

佐平次が訊くと、

「そんなことはあなたに関係ないの」

と、そっぽを向いた。

おちょうは、仏壇を開け、旦那の位牌を取り出した。黒檀の何のというわりには、無雑作な手つきである。

「じゃ、これ」

「お預かりします」

つややかな黒檀に金文字で戒名が入っている。

花遊院道楽無敗居士。

何も知らない人は、ずいぶん楽しい人生を歩んだ人なんだなと思うに違いない。辻斬りに遭って、肩からへそのあたりまで、ばっさりと斬られて死んだ人などとは、誰も想像できないだろう。

「じゃあ、これに穴を」

ふつうは足ではさむが、位牌にそれをするのはまずい。手代のごん助に手伝ってもらうことにした。

「いいわね、穴屋さん。バチが当たったとしても、全部、あんたが当たるのよ。あたしに回ってきたりしちゃ嫌だよ」

「大丈夫です。それは全部、あっしが引き受けますから」

と、胸を叩いた。

ただ、引き受ける方法は知らない。ま、適当に拝んでおけばいいだろう。

位牌の耳。すなわち上部の角のあたりに錐を当てた。

ぐりぐりっと軽く回したところ、位牌がまるで合わせた手のひらをもう一度開くように、ぱかりと割れた。

「え?」

おちょうが目を瞠《みは》った。

佐平次はとくに驚いたようすもなく、割れた位牌から出た紙を取り、広げた。

「何、それ、穴屋さん？」

「借金の証文ですね。小岩井正純さま。金七千両、お借り上げ」

「あら、まずいわ。そんなもの」

おちょうが飛びついて、これを奪おうとした。

だが、ぼーっとした手代のごん助が、さっと手を伸ばして、これをすばやく手にした。

「出ましたね」

と、佐平次が言った。

「うむ」

手代はうなずいた。

「ごん助、あんた！」

と、おちょうがいつもの調子で叱《しか》りつけようとした。

「わしはごん助などではない。大鷲藩の国許の目付、中岡忠馬」

「なんですって」

「これで用人の不正の証拠はつかんだ。殿もお喜びであろう」

これまでとはまるで違った、名刀のきらめきのような物言いだった。

「襲われたとき、書斎から外に逃げられる穴を掘ってもらいたいと、最初、仁天堂の旦那に頼まれたのはそういう話だったのさ」

と、佐平次は言った。

火鉢を囲みながら聞いているのはお巳よと北斎である。

「じゃあ、耳の穴は嘘っぱちかい？」

「いや、耳たぶの穴の話も嘘じゃねえよ。もっともそっちは面倒ごとがすべて解決してからという依頼だったのさ」

「そうだったのかい」

と、お巳よはうなずいた。

「仁天堂の旦那が辻斬りに遭って殺されたという話を聞いたとき、おいらはすぐに恐れていたことが起きたのだと思った。それから、ほかにも旦那に相談されていたことがあったのを思い出した。紙切れのいい隠し場所はねえもんかなって」

「借金の証文のことだね」

「ああ。まさか、あんだけすごい借金とは思わなかったがね」

七千両という莫大《ばくだい》な借金を横領しておきながら、辻斬りを装って仁天堂喜左衛門を殺害したのも、江戸屋敷の用人、小岩井正純だった。

「旦那はすでにどこかに隠したのだろうか？　葬儀に顔を出したときもそんなことばかり考えていた。その帰り、目付の中岡さんが接触してきたのさ」

中岡は国許から仁天堂の護衛の目的もかねて出てきたのだが、一足違いで間に合わなかった。

「旦那は中岡さんと前に会ったとき、証文は誰も疑わないところに隠すつもりだが、その場所はおいらがわかっているはずだと伝えていたんだとさ」

「わかっているはず？　微妙な言い方じゃねえか」

と、北斎が言った。

「そうなんだよ。それも謎を解くきっかけになったんだ」

「それで、お前さんは位牌が怪しいと睨《にら》んだんだね？」

と、お巳よが訊いた。

「ああ、生きているときも位牌だったから」

「え？」

「先代の位牌に入れておいた。いつでも持って逃げられるように。おいらがその穴を開けてやったんだ」

「まあ」

「たぶん、そこから別のところに移したんだろうと」

「自分の位牌に？」

「ああ」

「でも、変よね」

と、お巳よは言った。

「何が？」

「位牌ってのは、死んでからつくるものでしょ。戒名のこともあるし」

「そこが、あの旦那の賢かったところさ。だから、誰も位牌なんて疑わない。でも、旦那は親しい位牌屋に頼み、証文を収めておいてもらった。おいらに仕事を頼めば一度手間になるのでしなかったが、隠し場所は察してくれるだろうと」

佐平次がそう言うと、

「しかも、用人派に奪われずに済む手立てまで考えてくれるだろうと」

北斎はニヤリと笑った。

「あの旦那には信頼してもらってたんでね」

「そりゃあ、未亡人にもうかつには位牌のことを切り出せねえ。なんせ用人派だって、必死で証文を奪おうとしてる」

「そういうわけでさあ」

「そこで、位牌を開けるための仕掛けが幽霊騒ぎだった。ずいぶん遠回りだが、そのほうが疑われずに済むわな」

旦那が言っていた耳たぶの穴と位牌をくっつけるのには、ずいぶん知恵も絞ったのである。

「この手の仕掛けってのはまず身内から騙《だま》さなくちゃならねえ。お巳よにはすまねえと思っていたんだがさ」

「いいんだよ、そんなことは」

「国許の目付の中岡さんてえのが、いろいろと脅してくれたからうまくいったところもあるんだ。でも、北斎さんが幽霊を絵に描いて、それに穴を開けたらどうだと言ったときは驚いたよ。この人には見破られたかって」

「なあに、そこまでくわしくわかったわけじゃねえ。だが、おめえが幽霊をあんなに疑いなく信じたのは変だもの。仁天堂はほんとに死んだのかなと疑ったのさ」

「なるほど」

自分よりも目付の中岡のほうが、よほど芝居もうまかったのだろう。

「いずれにせよ、これでどうにか始末もついたってわけさ」

佐平次はさっぱりした口調で言った。

火鉢では今日もおでんが煮えはじめている。

大根が柔らかく煮え酒足りず

今日も空は荒れ模様だった。

「何だか、嫌な天気が多いねえ。無事に正月が迎えられるのかしら」

また雷が鳴り出した。

「おや？」

腰高障子をすこし開けて、空模様を見たお巳よは、薄暗くなってきた空の一点に目を止めた。

凧《たこ》が揚がっている。なんだか糸はこの長屋の北斎の家あたりに降りてきているような気がする。

入り口に置いたざるの中で、チョロ助が怯えたように小さくとぐろを巻いている。

路地をさっと通り過ぎたのは、なめくじそっくりの男ではないか。

「あっ、まさか」

と、お巳よは声を上げた。

「どうした、お巳よ?」

お巳よは飛び出し、北斎の家の戸を開け、

「お栄さん。危ない。早く、こっちに逃げてきて!」

「何言ってるのさ」

「いいから、早く」

お巳よの必死の叫びにお栄は慌《あわ》てて、佐平次の家に避難したそのとき――。

ばりばり、どっかーん。

佐平次、お巳よ、北斎、お栄の四人は、北斎の家の中に突然、丸い光の玉が出現し、それが爆発するようにいっそう輝きわたるのを、呆然《ぼうぜん》と見つめていた。

第五話　穴屋が飛んだ

一

「げほっ、げほっ」

昨日あたりから、北斎《ほくさい》の咳《せき》が止まらない。喉《のど》が破けるのではないかと心配になるような咳である。

「風邪ひいたみたいだね、北斎さん」

穴屋の佐平次《さへいじ》は心配そうに言った。

「ああ、この風邪は流行《はや》るぜ、きっと。おれは、流行りそうなものはわかるし、すぐにもらったりする」

北斎は咳をしながらも自慢げである。

それは嘘《うそ》ではない。七十も近くなれば、世の中の流行りごとなんかにはついていけなくなるのがふつうだが、北斎の好奇心や感受性は錆《さ》びついていない。いちはやく流行り風邪をもらうのもその一環かもしれない。

ただ、秋口にした予言——これからは辛いものが流行る、汁が真っ赤になるほどとうがらしをぶちこんだうどんや、寿司もシャリにわさびをたっぷりまぶしたくらい辛いものが流行る、というのは外したみたいである。北斎が特別に注文する以外、誰もそんなものを食べていない。

「寝たほうがいいぜ」

「なあに、それほどじゃねえ」

鼻水も熱もない。咳だけ。だが、絵を描いているとき咳が出ると、筆がぶれてしまう。それが理由で仕事が遅れるのが腹立たしいらしい。

「この家もまずいんだよ。隙間風《すきまかぜ》がひどそうだもの」

と、佐平次は天井を見上げて言った。

数日前、謎の一味に雷を落とされた。

幸い、火事は免《まぬが》れたが、屋根の一部と庭に面した戸袋のところが焼け焦げている。隙間風が入ってくる。

人生をあざ笑うような、冷たい師走《しわす》の風である。

「おれはこれよりひどいところにいくらも住んだ。天井が半分ない家や、畳から絶えず水が滲《にじ》み出すような家もあった。これくらい、どうってこたぁねえよ」

「でも、あの連中にこの住まいを知られたんだぜ。逃げて、安全なところに移るってのは考えねえのかい?」

こうなると、はっきりしてきたが、前に深川の漢玄寺でおこなわれたはなぶさ鉄五郎と、芝浜の欽二の腕くらべも、それがすべてではないにせよ、北斎を誘い出すための意図も隠されていたに違いない。審判人のひとりとして席に座った北斎を、仕掛けた爆弾でどっかーん。そういう狙《ねら》いだったのだ。

とすると、あの会の主催者だった江戸屋《えどや》頑蔵《がんぞう》や、その息がかかった材木問屋の池田屋貝五郎と、海産物問屋の湊屋《みなとや》清兵衛《せいべえ》も、謎の一味とつるんでいることになる。とんだ大きな話になってきた。

北斎は大物とはいっても、所詮《しょせん》、毒にも薬にもならない浮世絵の世界の人である。何でそんな目に遭わなければならないのか。

「安全なところに移る?　この世のどこにそんなとこがある?」

と、北斎は笑った。

「番屋の隣りとか？」

「ばあか、穴屋らしくねえことを言う。ほんとに狙われてたら、番屋の隣りだろうが、奉行所の門前だろうが、なんかやらかしてくる。まあ、お城の中なら多少、安全かもしれねえが、おれなんざ入れてもらえねえ」

「そりゃそうだ」

北斎の言うことは真実なのだ。この世に安全なところなんかない。

佐平次だって、いわばお城の中の人間だったが、日々あぶないことだらけだったし、あげくは身内から殺されそうになった。

生きている限り、危険はなくならない。

「穴屋のそばのほうが、まだ助けてもらえそうだ」

と、北斎は言った。

この爺《じい》さんは、おいらのことをあてにしてくれている。天下の葛飾《かつしか》北斎が……。

そう思ったら、意気に感じてしまう。

「あるいは、逃げるよりも逆襲かもな」

と、佐平次は言った。

「ああ、それも手だな」

北斎はうなずいた。

まともに爆弾合戦や雷合戦を受けて立たないまでも、あまり変なことをすれば向こうも危うくなると思い知らせてやれたらいい。

「じゃあ、北斎さん、とりあえず何で狙われてるのかをはっきりさせねえと」

「それがわかれば、おれだってなんとかしたさ」

「思い当たることは?」

「人間そうそう世の中のためになることだけしてるわけではねえ」

「そりゃそうだ」

「どこで怨《うら》みを買っているかもわからねえ」

「ええ」

「そう思ったら、考えても無駄だ」

無駄だときた。

それだと、守る手も打つ手もなくなる。

「でも、北斎さん、よほどのことでなければ、爆薬だのエレキだの使って、殺そうとまではしねえって。刺客がひとり、後ろから忍び寄って、包丁で背中をぐさっ」

「うっ」

北斎は顔をしかめた。

「それで済むんだもの。なのに、あんな大げさなことをするというのは、それ相応の理由があるか、連中がそうした派手なことを好むかだ」

「そうだろうな」

「おいらが夏、長崎に行っていたころ、北斎先生は何をしていたんだい？」

「ずっと江戸にいて、絵を描いてたさ」

たしかにそうなのだ。北斎は酒も煙草《たばこ》もたしなまず、バクチも女遊びもしない。うまいものは好きみたいで、おでんや鍋などをすると嬉しそうに食うのを見ることはあるが、せいぜいそれくらい。佐平次などからしたら、いったい何が楽しみで生きているのかわからない。

「変な連中と接触したりは？」

「変な連中？」

「いつも絵を頼みに来るのとはちっと違ったような人」

「あ、いなかったわけじゃねえ」

北斎はぽんと手を叩《たた》いた。大事なことを思い出したらしい。

「それは？」

「おめえが帰ってくるちっと前だったか、夜、屋形船が迎えに来て、どこぞの一軒家につれていかれ、女のあぶな絵を描かされた」

「あぶな絵を」

「あの女はおそらく、相当な男の女房か妾だったぜ」

「へえ」

「うふっ」

と、北斎は笑った。いやな笑いである。

「何だよ、北斎先生？」

「姫かな」

と、北斎は真面目な顔になって言った。

「姫じゃあねえでしょう」

姫はどこぞの一軒家には住まない。

「だが、女の人品や立ち居ふるまい、家のつくりから、出てくる飯、礼金の額まで半端じゃなかった」

「描き終えたので？」

「ああ、こんな絵を描いてしまっていいのかと思えるくらい、あぶない姿態の絵ができあがったぜ」

北斎にもスケベ心は残っていたのかと驚いたくらい、いやらしそうに笑った。

背を向けて絵を描いていた娘のお栄が、

「そう言えば、酔っ払ったようなツラで帰って来たっけ」

と、やけに大きな声で言った。

「いまも、あるんで？」

佐平次も見たい。

「あるわけねえ」

「刷り上がってるんでしょう？」

「版画じゃねえ。肉筆画だ。それ一枚しかねえ。浮世絵に刷られて喜んでるのは、ちっと蓮っ葉な町娘だけだ」

「じゃあ、見ることはできないんだ」

がっかりした。

「自分の女房や妾のあんな絵を描かれたら、誰だって怒るだろう。描いたやつはおれとわかっている」

「署名や落款《らっかん》も入れて？」

「もちろんだ。おそらく下手人はあの女の男だな。よくもあたしの大事な女を、こんなみだらな格好に描きやがってと怒ったんだな」

「あぶな絵を描かれたからねえ」

どうもわからない。

「料理人の腕くらべを主催した札差の江戸屋頑蔵は知ってるかい？　あるいは北斎さんと審判人をいっしょにやった池田屋と湊屋は？」

「どいつもあの催しがあるまで、まったく知らねえ。あっ、あのあぶな絵の女は、その三人のうちの誰かの女房か、妾なんだよ」

と、北斎はすっかり合点のいったような顔をした。

「待ちなよ、北斎さん。安直な決めつけはいけねえって」

一方で、平賀源内の名と、エレキテルがちらついているのだ。

平賀源内は有名だが、佐平次にとっては大昔の人である。戯作者《げさくしゃ》みたいなこともしたらしいが、歌舞伎とかにはなったのか、書いたものもまったく知らない。

「平賀源内は知ってるんで？」

「もちろん、名前は知ってる。エレキテルだろ。『神霊矢口渡《しんれいやぐちのわたし》』ってのも書いた。大《おお》田南畝《たなんぽ》はつきあいがあったはずだぜ」

「北斎さんは？」

「おれはねえ。死んだのは安永の八年あたりだ。四十四、五年にもなるか。おれが浮世絵師として作品を描き出したのもそのころだけど、まだ駆け出しで、戯作に絵をつけたりもしてねえ。だから、源内とは縁もゆかりもねえ」

「ふうむ」

では、平賀源内の名がちらついているのは偶然なのだろうか。

「江戸屋頑蔵は、平賀源内の倅《せがれ》だったりして」

と、佐平次は言った。

「まあ、何があってもこの世は不思議じゃねえ」

北斎もうなずいた。

長屋の路地を風が吹き抜けたらしく、家の中のあちこちが壊れた笛のように鳴った。

「やっぱり寒いな」

北斎は身を震わせ、咳をした。

「焼けたとこは直さねえと」

「手元不如意《ふにょい》ってやつでな」

このところ、北斎の家には借金取りが連日、押しかけている。いつもなら引っ越して逃げるところなのだろうが、いまはそれどころではない。

「そういえば、北斎先生のところは餅は頼んだのかい?」

「ああ、餅か。もうすぐ正月だもんな。餅くれえ食わねえとな」

浮世絵の巨匠が、ずいぶん情けなさそうな顔をした。

深窓は肉筆だけで身を隠し

「どうしても気になるよ、先生」

と、いったん斜め向かいの家にもどろうとした佐平次が、踵《きびす》を返して言った。

「なにが?」

「先生にあぶな絵を描かせた女だよ」

北斎がすぐに思い浮かべた人間を当たらずして、何を当たればいいというのか。

「だから言ってんだろうが」

「行ったのは夜だったのかい?」

「ああ。夏の終わり。星がきれいだった。その下をずうっと船が進んだ」

「屋形船だったんだろ?」

「そうだった。だったら星空なんか見てねえのに」

北斎は首を傾《かし》げた。

「いや、わかるんだよ。おいらもそんなことがあった気がする。家の中にいても見える星空……」

「ただ、その河岸《かし》につけた船までは歩いたからな。そのとき、河岸の上の夜空か、あるいは水面に映った輝きを見たのかもしれねえ」

と、北斎は言った。

――やっぱりこの先生は、星やらすみれやらにぐっと来る性質《たち》なんだ……。

佐平次は、北斎のごっつい横顔を見ながらそう思った。

「女はもう船の中にいたんだろ？」

「いたんだよ。見ちゃったら引き返す気にはなれねえ」

それほどのいい女だったのだろう。

「じゃあ、そのときのあとをたどるぜ」

屋形船を頼みたいが、そんな金はない。

河岸にいた猪牙舟《ちょきぶね》をつかまえた。

「先生、その晩の道筋を思い出すのに目隠しをしてみてくれねえかい？」

いまはまだ、昼真っ盛りで、見えすぎると逆に思い出しにくくなる。

「かまわねえが、おれは女に見とれながら、ぼそぼそ話をしてたぜ」

「駄目なら駄目でいいんだ」

北斎は座って目隠しをした。

「さあ、どっちに向かおう？」

と、佐平次は訊《き》いた。

「船は大川のほうに向いていた……それでいったん大川に出た」

と、北斎が答えた。

「ああ、船頭さん。大川に向かってくんな」

橋を二つくぐって大川に出た。

「上流に向かったのか、下流か、覚えていねえかい？」

「ちっと待ってくれよ。おかしいな、ここでぐるっと向きを変えたんだが、もどった気がする」

「もどった？」

「ああ。竪川《たてかわ》を亀戸のほうに」

やはり、身分などを知られぬようにとした小細工だったのだろう。

思い出した北斎もたいしたものである。とびきりのいい女と、にやついて話をしながらも、この人の五感はちゃんと周囲に反応している。この鋭さが、誰が見ても独特な、不思議な画風を支えているのだ。

緑町を過ぎて、さらに東へ向かう。船の往来は少しずつ少なくなる。

「たぶん、一度、左に曲がった気がする」

と、北斎は言った。

「横川かい、十間川かい？」

二つは竪川と交差し、並行に流れる。

「おそらく十間川まで行ったな」

「よく覚えてるじゃねえか」

「こうやって目隠しなんかしたから思い出したんだよ」

思い出させるときは、できるだけそのときの条件に近づける。昔、教え込まれたくだらぬ手練手管だった。

「まだ先のほうかい？」

「あ、ここらだと思う」

目隠しをほどいた。

河岸というほど整備はされていない。小さな川原になっていて、岸へつけ、船頭に待っていてもらう。

ゆっくり小さな土手を上がった。

「あ、ここは」

と、ちょっと上流を指差した。

「わかるかい？」

「柳島だ。もうすこし北に行くと、おれがよく参拝する妙見さまがある」

妙見さまとは妙見山法性寺である。

北斎が北極星や北斗七星を神格化した菩薩《ぼさつ》である妙見さまを信仰しているのは佐平次も知っている。ときどき夜空の北極星や北斗七星を拝むし、北斎の北も、別の筆名である戴斗《たいと》の斗も、それから取っているらしい。

昼間だとすぐわかったのだろうが、夜はちょっと歩いたくらいではいかに北斎といえど、わからなくて当然である。向こうも相応に知られないよう注意はしただろうし、乏しい提灯《ちょうちん》の明かりなどはほんの足元しか照らさない。

近所をぐるっと回ってみる。

「ここらは、金持ちの別宅が多いんだよな」

と、北斎は言った。上野の先の根岸と並んで、日本橋の旦那衆の別宅が多いところとしても知られる。

「見覚えがある家は？」

「たぶん、あれか、あれか、あれだ……いや、あっちも臭いか」

なまじ順序よく並んでいるので、区別がつけにくい。夜なら、米俵が並んでいるくらいの違いしかなかったはずである。

「中も覚えていないかい？」

と、佐平次は訊いた。

「床の間に南画があった。蕪村《ぶそん》の絵だったぜ」

「高いので？」

「南画じゃ、池大雅《いけのたいが》の次だろう」

「その筋で当たれないもんかね？」

絵を扱う骨董屋《こっとうや》なら、北斎にも伝手《つて》がありそうである。

「蕪村は難しいな。江戸よりも京都に多い。こっちにはほとんど出てこねえし、あれもおそらく京都から持ってきたんだろう」

町方なら探ることはできても、なんの権力もない一介の職人ではそこをたどれない。

「ほかに変なことは？」

「これは確信はねえんだが、おれのことを前から知っているみたいな、ちょっと馴《な》れ馴れしい感じがした」

「北斎さんは？」

「おれはねえ。あんないい女を一度でも見てたら、忘れるはずがねえ」

と、首を横に振った。

はっきりしない話である。

いちおう近くにいた百姓にも、ここらの別宅の持ち主を訊いた。

「さあね」

冷たく首をかしげるだけ。本当に知らないのだ。百姓の世話になるわけではないから、いちいち挨拶《あいさつ》なんぞもしない。金持ちはこうして、遊ぶときは名を隠して閉じこもる。

「いいところだ」

と、佐平次は周囲を見回して言った。

ひなびているが、荒れてはいない。寺や神社が季節を感じさせる草花を点在させてくれている。

「まあな」

「妙見さまの近くだし、北斎さんもここらに引っ越して来てはどうだい？」

「駄目だ。いいところだが、冬は寂しい」

「でも、あんな貧乏長屋でなく、そろそろ別宅でお仕事をなさってもいいのでは？」

と、佐平次はからかった。

「馬鹿。別宅なんぞで偉そうに仕事してたら、人ってものが見えなくなっちまうのさ」

それでこそ北斎だろう。

「穴屋こそどうだ？」

「おいらもやっぱり、ろくでもないやつでも人がいっぱいいて、そこに身を置いていねえと、寂しくてたまらねえ。ろくでなしなんだな」

と、佐平次は言った。

二

翌日——。
佐平次は朝いちばんで、長屋のおかみさん連中に頼まれていた扇の要《かなめ》の穴をあける作業を始めた。

竹の薄い板を束ねておいて、要のところに穴をあける。おかみさんたちはこれを一枚ずつあけるが、佐平次は百枚ずつほどいっきに片づける。

安くてかんたんな仕事なのだが、これをやっていると地道な職人になった気がして、佐平次はけっこう気に入っている。

——今年の餅代はこの稼ぎの分を当てようか……。

そんなことを思っていると、

「こっちだ」

「ああ、なるほど。穴屋だ……」

外で声がした。

どうやら新しい依頼が来たらしい。年末に一つくらい、実入りのいい仕事を手がけたいものである。とくに年末などというのは、どんな金のかかることが持ち上がるかわからない。お巳よがしらばくれてつくった、目ン玉が飛び出すほどの借金が明らかになるかもしれない。

「ごめんよ」

「どうぞ」

二人づれである。一人は変にいい男だが、肌や声音《こわね》にねっとり糸を引くような感じがある。なめくじみたいである。

もう片方は、とくに特徴のない五十がらみの男だが、なんだか北斎の家をちらちら眺めている。

「どんな穴でもあけるんだって？」

と、なめくじみたいな男が佐平次の手元を見ながら訊いた。

「看板に偽りはねえですぜ」

「ちっと変わった穴だぜ」

「変わった穴の注文には、こと欠きませんや。この前は幽霊の耳たぶに穴を」

「なんだ、そりゃ？」

「そういう依頼で」

「あけたのか？」

「まあ、どうにか」

返事は濁した。

「じつは、舞台に穴をあけてもらいてえ」

と、なめくじ野郎が言った。

「どういうことで？」

「堺町の中村座のやつらが、おれたちの舞台にいちゃもんをつけてきた」

「そちらさんはお役者衆でしたか」

さっき気づいたのだが、胸のあたりに白粉《おしろい》が残っている。気持ち悪くて訊けなかったが、それで理由はわかった。

「おれたちの芝居を田舎芝居と馬鹿にしつつ、盗んだり、邪魔したりするのさ。あいつらはそうやって出る杭《くい》を叩いている。江戸の町人は単に面白い芝居が見たいだけで、偉そうにした芝居なんか見たくねえ。だから、江戸の人間になりかわって、あいつらの歌舞伎に穴をあけてやりてえ」

どうも、どこかに短絡したところがある考えである。

「中村座がそんなことをしますか」

と、佐平次は訊いた。中村座に義理立てするところはないが、こいつらに加担するいわれはもっとない。

「するさ。直接やったり言ったりするのは客なんだが、向こうの依頼を受けてやってるのは間違いねえ」

「失礼ですが、そちらは何人くらいの一座で？」

「役者が道具方やお囃子《はやし》方をかねたりするので、いまのところ十二人ほどだ」

「…………」

それならきっと違う。

そんな小さな一座まで相手にしていたら芸を磨く暇がなくなる。矜持《きょうじ》も許さない。

もし、何か意地悪めいた行為があったにしても、行儀の悪い中村座びいきの客が、勝手にしていることだろう。

「舞台に穴をあけるというと、主役の役者が寝込んだりするのがいちばんかんたんだろうが……」

と、佐平次が言うと、

「おう、それはいい」

なめくじ野郎は砂糖壺《つぼ》に落ちたみたいに喜んだ。

「あいにくだな。あっしは職人なんだ。そんな注文には応じられねえ。かたちのあるものに、穴をあけてくれという注文を持ってきてくれ」

と、追い返そうとした。

「どんな穴でもあけると言っただろ」

「どんな穴でもあけられるさ。だが、どんな仕事でも引き受けるわけじゃねえ」

「わしらは、時代に風穴をあけたいんだぞ」

「ご立派なこって。それなら、歌舞伎より面白い芝居をどんどんやるこった。町人たちは正直だから、面白いほうに駆けつけるようになる」

「金ははずむ」

かなりしつこい連中である。

「金の問題じゃねえ」

きっぱり断わる。

「ほう」

と、なめくじ野郎は言って、ふいに静かになった。それから、壁や棚に並んだ佐平次の道具をゆっくり、一つずつ眺めるようにしてから、

「とりあえず今日のところは帰るが、わしらの仕事を断わって、無事でいられるとは思うなよ」

脅していった。

むかむかするので塩でもぶちまけようかと思っていると、

「誰か来てたのかい？　いまの男、後ろ姿に見覚えがあるんだけど」

と、お巳よが入れ違いでもどってきた。

「なめくじみたいな妙な野郎どもが、変な依頼を持ってきた。どこかで小芝居をやってる連中らしいが、歌舞伎に穴をあけたいとぬかしやがった」

「なめくじ？　歌舞伎に穴？　あ、あいつだ」

「どうした」

「エレキテル幻術一座だ」

「なんだ、それ？」

「両国にある小屋でエレキテルの見世物と芝居がいっしょになってるんだよ」

「やっぱりエレキテルか」

だいたいがエレキテルはただ静電気を起こすだけなので、いろいろ口上で持たせないとすぐに飽きられてしまう。自然と芝居っけのあるやつが関わることになる。それと、平賀源内が書いた芝居がいっしょになるのは、むしろ自然なことと言えた。

「あの、なめくじに似たやつは、その一座でも見たし、北斎さんの家に雷が落ちたときもここらをうろうろしてたんだよ」

「なんてこった……」

やっぱり、じわじわと北斎に迫ってきているのか。

だが、歌舞伎に穴をあけてくれという依頼は、北斎に関係があるとも思えない。

――どうなってんだろう？

佐平次は腕組みして考え込む。

こうなると、一刻も早く、北斎が狙われる理由を知る必要がある。

――ん？

ふと、お巳よの両方のたもとの中にごそっとあるものが気になった。

「お巳よ、それは何でえ？」

「富くじだよ。くじを当てて、ぬくぬくと正月を迎えようかと思って」

「…………」

手元不如意はやっぱり北斎のところだけではない。

富くじに当たるとふぐにまた当たる

数日後――。

北斎の家で、佐平次と、お巳よと、北斎と、お栄で鍋をつついていた。

支度はお巳よがした。お栄は、料理その他、家事はいっさいしない。

鍋の中身はふぐである。北斎の弟子が持ってきた。

「当たるかな」

と、お栄が不安げな顔をした。

「ふぐは当たるくらいのほうがうまい」

北斎が無茶苦茶なことを言った。

「みんな、ゆっくり食べようよ」

と、さばいた当人のお巳よが言った。

ふぐをさばいたのは初めてではない。最初に、知り合いの板前から教えてもらい、それから二度、さばいたことがある。どれも中毒なんかしていない。ただ、いちばん最後にやってから一年ほど経《た》っているので、忘れたところもある。

皮は剝《は》いでからすべて捨てた。

内臓はいいところと悪いところがある。白子は駄目だろう。だいいち見てくれからして危なそうである。

肝は大丈夫だったはずだが、怖いので半分ほど使い、あらかじめよく焼いてから鍋に入れた。

「そうしよう。ちょっとしびれたらすぐにやめるんだぜ」

佐平次はとくに北斎を不安げに見た。

だが、うまいのでつい早くなる。

肝のところは佐平次がぺろりと食べた。

「今年もあと十日だね」

と、お巳よが感慨深げに言った。

「いろんなことがあったなあ」

佐平次も振り返ってあらためてそう思った。

「おれは仕事ばっかりだった」

と、北斎が悔しそうに言った。

北斎の暮らしは、派手な作風とはまるで違って、ひどく地味である。

仕事以外にはほとんどなにもしない。ときどき川柳の会に出席していたが、このところは行っていないらしい。

娘のお栄は台所仕事が嫌いで、三食とも店屋《てんや》ものの出前ですませている。佐平次たちとたまに外で飯を食ってもそんなに遠くに行くわけではない。

だとしたら、北斎が襲われる理由は、やはり絵に隠されているんじゃないか。

「先生よ、あぶな絵のほかにもいろいろ絵を描いてきただろ？」

と、佐平次は訊いた。

「当たり前だ」

「おめえ、夏はずっと富士の絵を描いて歩いただろうが」

お栄がわきから北斎に乱暴な口調で言った。

「あ、あれか」

佐平次も以前、見たことがある。画面いっぱいに富士が鎮座する素晴らしい絵だった。ほかにもエノキダケみたいな波の中の富士の絵も見た。そっちはあまりにもつくりものめいて、佐平次は感心しなかった。

「ぼちぼち描いているが、版元が〈富嶽《ふがく》三十六景〉にしたいってんで、まだいろいろ下絵を描き、構想を練ってるんだ」

「外で景色を写したりもしてるんで？」

「ああ。してる」

「でも、特別に隠したものを写してるんじゃなく、誰でも見てるものを写してるだけですものね」

と、お巳よが言った。

「そりゃそうだが、誰でも見られるのに、じつは誰にも見えていねえってのも、この世にはいっぱいあるんだぜ」

「そうなんですか」

お巳よは感心する。

「もっと目を開けて見ろと言いたいんだがな」

「ま、とりあえず、その下絵ってのを見せてください」

と、佐平次は頼んだ。

「おい、お栄」

と、北斎にうながされ、お栄は棚の上から二、三十枚の絵を取り出した。

「ここらが夏に描いたあたりだな」

めくるうち、数枚の絵に目が止まった。

どれも完成した絵ではなく、下絵である。北斎は一枚の絵をささっと描きあげてしまうように見えるが、じつはそれ以前にたくさんの下絵を描いている。絵の一部だけを何度も描き直したり、少しずつ構図をずらしたりする。

こうやって、頭の中に完成品ができてからは、今度は一気呵成《かせい》に描きあげてしまうのだ。それだけを見ると、それまでの北斎の努力は見えないが、じつは一枚の絵には膨大《ぼうだい》な試しや反故《ほご》やため息や苛立《いらだ》ちが隠れている。

それは北斎のすぐそばで接するようになって、痛感したことだった。

「おい、お巳よ。これとこれ……」

と、佐平次は絵の中の男を指差した。

「あ、あいつだ」

「だろ？」

のっぺりしたなめくじを思わせるいい男。エレキテル幻術一座の男によく似ている。

「先生は、下絵でも顔もそっくりに描くんですか？」

「描いてしまうんだよ」

そうだった。北斎の目は人の特徴をすばやく摑《つか》みきるので、ささっと描いてもそっくりになってしまう。

「こいつ、なんでこんなところに？」

絵に描かれた場所は、日本橋の近く、駿河町。両替商の三井と、やはり三井が経営する越後屋の大きな屋根である。

向こうに富士が見える。

三井の屋根と富士のかたちを並べたかったらしい。

構図が気に入らなかったのか、そのうちの一枚には、この時期はあまり見ない凧《たこ》が描き加えられていた。こんなふうに、北斎の絵にはときどきあるはずがないものも出

じ野郎なのだ。

屋根の上では、屋根職人たちが何か作業をしている。職人のうちの一人が、なめく

北斎は、角度を変えて、四枚ほど描いている。そのうちの二枚に、男はいた。

「そういえば……」

北斎が何か思い出したらしい。

「どうしたい？」

「この絵を描いたとき、職人の一人がいちゃもんをつけてきたっけ」

「なんて？」

「絵をよこせって」

「やるわけないですよね」

「当たり前だ。これは下絵だ。できあがったら買えと言った。すると、そんなの売られちゃ困る、それは買い取って全部、燃やすだのなんの言うから、おれは絵を描いた風景は頭に刻まれるんだ、絵なんかいくら燃やされようが、同じ絵を何枚でも描けるんだと、そう言ってやった。野郎、青くなりやがったよ」

「それだよ、北斎さん」

佐平次は、人差し指で剣術でもするようなしぐさをした。

「そうか。これか」

「あぶな絵の女があんまりいい女だったから、てっきりそっちに頭が行っちまったんだろ」

「面目ねえ」

と、北斎が照れた。

「だが、こいつらなんで、越後屋の屋根になんか上ってるんだろう？」

と、お巳よが言った。

そうなのだ。ここは何としても三井の話を訊きたい。

とは言っても、三井にはやたらと近づけない。あそこは大名屋敷のようなところである。

ときどき買い物をするお巳よですら、

「あそこは愛想がよさそうで、手の内は絶対に見せないよ」

と、断言した。

「みとぅいかあ、えてごやかあ」

佐平次が変なことを言った。

「あれ、あんた、呂律《ろれつ》が回ってない」

と、お巳よが佐平次を指差した。

三

数日後——。

佐平次のフグ毒は、土間を掘って出した土の中に埋まっていたおかげで一晩で抜けたが、今度はお巳よが変な咳をしている。

「流行り風邪か？」

「なんか、昨日、中村座の芝居を見にいってからひどくなったんだよ。客も役者も咳がひどくて芝居にならなかったくらい」

手元不如意と言いつつ、芝居はちゃっかり見に行っている。だいたいがこの前の富くじにしても、お巳よは三百枚も買っていた。手元不如意のときに、富くじを三百枚も買う馬鹿がどこにいる——と言いたかったが、万が一当たるかもしれないので、我慢した。

「芝居にならなかった？」

なんだか嫌な感じがする。

そういえば、あれからエレキテル幻術一座は何も言ってこない。何か自分たちで歌舞伎に穴をあけるすべを見つけたのかもしれない。

「歌舞伎風邪とか言う人もいるみたい」

「風邪なんか流行らせようと思ってやれるもんでもねえだろ」

「歌舞伎を見に行くとひどくなるからだって」

「そんなのあるかね」

「それより、煙り臭いのも気になったよ」

「煙り臭い？　変だなあ」

「何日か前から、歌舞伎風邪にはエレキテルが効くって噂《うわさ》も」

「へえ」

エレキテルは元来、治療に使われたらしい。南蛮では病人を台に寝かせ、火花が出るところを患者の腹や足に当てる。それで多くの病気に効いたという。ならば、風邪が治ってもそう不思議はない。

「それで、エレキテル幻術一座が賑《にぎ》わってるの」

「ますます怪しいな」

「お前さん、調べてよ」

「調べてといったって」

金にもならないし、余計なことはするなと怒られるかもしれない。

「あ」

お巳よの顔が変わった。

「なんだよ?」

「松本幸四郎」

美男で知られる役者である。

「おいらが似てるってか」

「そうじゃないよ。そちらに」

振り向くと、本物の松本幸四郎がいた。滅多に芝居を見ない佐平次だって、団十郎、幸四郎、勘三郎、菊五郎、このあたりは知っている。

「穴屋さんは穴をふさぐというのはやるんですかい?」

と、幸四郎がお巳よに流し目を送りながら訊いた。お巳よの目がうつろになっている。

「そりゃあ、まあ、逆のことをすればいいんでね」

向こうから依頼が来た。

年忘れ役者の噂も寒そうに

日本橋にもほど近い堺町は、いわゆる芝居町である。中村座があり、その周囲に芝居の見物客を当て込んだ茶屋も多くある。その他、食べもの屋、土産物屋《みやげものや》などが並んでいる。

中村座の外も人で賑わっている。佐平次はぐるりと一回りした。立ち話している者もいれば、人待ち顔の女もいる。ちょっとくらい怪しいふるまいをしてもわからない。中に入って、客席を見る。舞台では芝居が演じられている。目を細めて壁のほうを見て回る。かすかに光が揺れているところがあった。

五分《ぶ》ほどの直径の穴。そこから煙りが入ってきている。嗅《か》いだことがある臭《にお》い。硫黄にもちょっと似ている。たしか築地の空き地に敷き詰められていた土もこんな臭いがしていた。

あれを熱すると、こんなふうな青い煙りを出すのかもしれない。

客が咳をしはじめる。歌舞伎風邪といっても、煙りでむせているだけなのだ。

ふたたび外にもどる。左手の壁、足元あたり。やったヤツを確かめたい。だが、煙りを注入するとたちまち逃げ去ってしまうらしく、穴があいているところには誰もいない。

今度は裏手の楽屋で煙りが出たという。

天竺《てんじく》徳兵衛に扮《ふん》した幸四郎が、ひとしきり咳き込んでいる。

「ここです、幸四郎さん」

と、佐平次は指差した。ここの穴は、アリがやっと通り抜けられるくらいである。

「おう、すぐにふさいでくんな」

「ふさぐのはかんたんですが、また新しい穴をあけられますぜ」

「誰がやってるのかもわかったのかい？」

「ええ。たぶん、エレキテル幻術一座っていう連中です」

「一座というと芝居の関係かい？」

「というか、見世物に近いかもしれません」

「じゃあ、うちの若い者にとっちめさせてやる」

「いや、いまのうちはこれくらいさせておいたほうがいいですぜ」

と、佐平次は幸四郎をなだめた。

「どういうわけで？」

「こいつらは花火を装って爆弾を仕掛けたり、雷を引っ張ってきて落としたりするんでさあ」

「爆弾はともかく、雷を引っ張ってきて落とすなんてことができるのかい？」

「できるんです。ましてや、エレキテルなんぞをあやつる連中ですから、なにをしでかすかわからねえ。これがうまくいっていると思わせておきましょう」

「というと？」

「入れてきた煙りはそのまま外に出してやればいい」

「ふうん」

怪訝《けげん》そうな天竺徳兵衛を楽屋に置いたまま、佐平次はいったん外に出た。

上にもう一つ穴をあけ、あいだをつなぎ、入った煙りをそこから出してやればいい。客席にも楽屋にも煙りは回らないが、連中は入れた気になる。

あいだをつなぐのには、竹がいちばん手っ取り早い。節を抜き、先っぽを曲げて穴に密着させるだけ。

通り一つ向こうに材木屋があるというので向かった。

「竹を二本もらうぜ」

「あいにくだな」

店の前にいたあるじらしい男が言った。

「え?」

「門松用で全部ふさがっている」

「高くてもいいんだ」

「おい、金のことを言うかい」

信頼を第一とする正統派の商人らしい。

「すまなかった」

佐平次はすぐに謝った。

ふつうの木を二本買って持ち帰ると、それぞれの穴に合わせて、こっちにも穴をあけた。というより、木を二つに割り、溝をつくってからくっつける。

「なるほど、そうやって穴にするのか」

と、幸四郎が感心した。

「割らねえままでもできますぜ。そっちは手間もかかるんで、こういうときには早けりゃよしとしねえと」

これで歌舞伎風邪はたちまち峠を越し、やっぱりエレキテル幻術一座の客は激減した。

四

長屋中に怒声がとどろいている。

北斎とお栄のすごい喧嘩《けんか》が始まった。

このところ、この長屋の名物になりつつある。

「おめえは、てめえのことばっかりだ」

と、お栄が吐き捨てるように言った。

「なんだと」

「昔からそうだ。絵のことしか考えねえ。あたしのときもそうだったが、お美与姉さんが離縁したときだって上の空。孫をつれて挨拶にきても、やさしい言葉の一つかけるでもない」

「甘い言葉があいつを助けるか」

「万太郎だっておめえを慕ってきたんだろうが。しばらく寝泊まりさせたっていいんだ。絵の邪魔になるからとさっさと帰しやがって。万太郎はたぶんぐれるよ」

「へっ。男はちっとぐれるくらいじゃなきゃやっていけねえんだ」

と、北斎は居直った。

ちなみにお栄のこの予言は的中する。この孫は、のちに北斎自身が育てることになるが、年寄りが溺愛しすぎたせいか、予想どおりぐれて悪事に走った。七十を過ぎた北斎はその後、十年以上にわたって、尻拭《しりぬぐ》いに奔走《ほんそう》させられることになる。

孫がなんとか落ち着いてくれるようにと、八十を超えた北斎が毎日描いた悪霊退散のまじないの獅子の絵が、六百枚以上も現代に残っている。

「ばあか。そういうこっちゃねえんだ。毎日がつらくなっちまうんだよ。外見ばっかり見て、人の中身を見ようとしねえ。なにが日本一の絵師だ」

「なんだと、この野郎」

北斎は我慢できずにお栄を殴りつけようとした。

「待ちなよ、先生」

佐平次が慌《あわ》てて飛び込んできた。

「やってみろよ、この爺《じじ》い」

「親に向かって爺いとはなんだ」

「親なんか誰だってなれるんだ。威張る理由になんかなるか。爺いだ。糞《くそ》爺いだ。もうろく爺いだ」

「この糞あまっ」

止めるに止められない。

お栄は飛び出した。

河岸沿いに駆けて、両国橋へ。真ん中あたりで立ち止まった。満潮どきらしく、大川はこのあたりまで潮の匂いがしてくる。

「飛び込んでやろうか」

命にはそれほど未練はない。

いい絵は描きたいが、所詮、北斎は超えられない。あんな絵を毎日見せられて、描きつづけられるとしたら、よほど図々《ずうずう》しくならないとできない。

のぞきこむと、川面はいかにも冷たそうなさざ波が立っている。

「お栄さんですよね」

後ろで声がした。

「え？」

振り向くと、若い女が微笑《ほほえ》みかけていた。

「忘れた？」

「おせいちゃんか？」

「うん」

元の嫁ぎ先、南沢等明《みなみさわとうめい》の末の妹だった。

南沢の家には、ろくに飯もつくらず、絵を描きたがったので離縁された。十年ほど前である。

そのころ、おせいはまだ十四、五だった。

「あんた、きれいになったねえ」

「お金もかかってるから」

「へえ」

正直な言い方に感心した。

「あたし、お栄さんが好きだったのに」

「うん」

「あのあと、家出したんだよ」

「そうだったのかい」

「兄と新しく来た兄嫁があんまり堅苦しくて……。お栄さんがいてくれたら、家にいたかもしれない」

「そんな」

そういえば、飛び出したとき、この子が後ろで大声をあげて泣いていた。後ろめたさがよみがえる。

「後悔はしてないけどね」

と、おせいは微笑んだ。

たしかにそう不幸そうにも見えない。内心はともかく、見た目は贅沢《ぜいたく》の限りをつくしている。

「このあいだ、お栄さんのおとっつぁんに絵を描いてもらった」

「…………」

「裸の絵」

「それって」

穴屋との話に出ていた怪しい女は、おせいのことだったらしい。

「なんか、自分をさらけ出したくなって」

と、おせいは欄干《らんかん》に身を寄せた。

胸元がちょっとはだけた。白い肌。そのつづきにあるふくよかさもうかがえる。女でもどきりとする。爺いが有頂天になったのも無理はない。

「さらけ出す……」

「あたしのいまの男、あたしを作り変えるつもりでいるみたい。一流の男たちと対等に接して、作り変えられたい気持ちもある。でも、同時にあたしは違うよって言いたいんだろうと思う。それでそういう絵を描いてもらおうと」

「うん、わかる気もする。あたしはしないと思うけど。というより、しても誰も見ないし」

「どうせ描いてもらうなら、日本一の絵師にと」

「なるほど」

「あのときは名乗らずに失礼しちゃった」

「そんなこと、かまうもんか」

「いまとなったら別に知られたってかまやしない。絵も旦那に見せちゃったし」

「怒っただろ?」

「ぜんぜん。むしろ、喜んだくらい」

「へえ」

「全部もれなく、描いてもらっちゃった」

「きれいだろうね」

「うん。きれいに描いてくれた。もっと嫌な部分が出るかなと思ったんだけど」

「うちの爺いは、お世辞できれいに描いてやるなんてことはしねえ。ほんとにそう見えたのさ」

「北斎さんは凄《すご》いよ」

「凄いんだ、あの爺いは」

それは認める。

あれだけの絵を描く男なら、家のことなどしなくたっていいという気持ちもある。娘を慰めるだの、孫の機嫌を取るだのなんてことより、あいつにしかできないことをやればいいと。

でも、娘も孫も絵と同じであいつから生まれた。

――知らねえとは言わせねえ。

「おせいちゃんのこと、誰か大金持ちの女房か妾にちがいないって、うちの爺いは言ってたよ。もしかしたら、姫さまかと」

「ぷっ。姫さま……。じつは、三井の旦那の世話になってるのさ」

カモメが目の前を飛んだ。

「三井……越後屋の？」

「そう」

「そりゃ、好都合」

「なんで？」

「別のことで、越後屋の旦那に知らせたいことがあったみたい」

「どういうこと？」

「あたしじゃよくわからないんだ。ちっとうちの長屋に来ておくれよ」

と、お栄はおせいの手を引いた。

冬よりも夏がぬくいと橋の上

さっき、喧嘩して出て行った長屋にもどってきた。

北斎も出かけたらしい。

「さ、入っておくれ」

「ここが北斎さんとお栄さんの家……」

唖然《あぜん》としている。小さな長屋であるうえに、この前の雷でところどころが焦げている。

「佐平次さん」

と、家の中から斜め向かいの家に声をかけた。

「お巳よちゃんもいっしょに来ておくれ」

お栄が事情を説明し、佐平次が越後屋に関わる怪しい動きを語った。

「屋根職人に化けてたってわけだね」

と、おせいはすぐに理解した。

「三井の人たちにこのことを知らせてえが、おそらくいきなり行っても会ってくれるわけがねえ。下手したらこっちもゆすりたかりの類《たぐい》に思われかねねえ。どうしたらいいものかと悩んでいたところだったのさ」

「あの人は忙しいからね」

「なにせこっちも胡散臭《うさんくさ》いしな」

「穴屋さんの仕事で関われたらいいんだろうけど」

と、おせいも考えてくれる。

「なんか、困ってることはないのかい？」

「最近はネズミだね」

「ネズミ？」

「増えてるのさ。両替商のほうも、呉服屋のほうも、床下にはうじゃうじゃいるみたい。ネコを置きたいんだけど、ネコの毛がついたりすると、呉服屋はまずいんでね。

子どもも出入りするから、やたらと石見銀山《いわみぎんざん》も置きたくないって」

話を聞いていたお巳よが、嬉しそうに言った。

「そりゃあ、あたしの出番だ」

五

「ここだよ」

と、お巳よはヘビの牧場《まきば》を指差した。

「へえ、こんないいとこだったのかい」

佐平次は驚いた。

ヘビの牧場などと聞いて、洞窟《どうくつ》の二つ三つほどもくぐった陽のあたらない、長屋の路地に草を生やしたようなところかと思っていた。

とんでもない。

弁当でも持って日参したいようなところである。

花見で知られる王子の飛鳥山のすぐ近く。王子神社と王子稲荷のあいだあたりにある二千坪ほどのさほど急でもない傾斜地である。周囲は桜の名所の飛鳥山からもらってきたのか、桜の木がぐるりと囲んでいる。傾斜地には丈の高い草が繁っていて、人が歩くための石畳がつくられてあった。

半里ほど先に荒川の流れが見える。遠くに三角の姿を見せているのが筑波山である。せせらぎの音も聞こえる。傾斜の終わりは小川になっていて、夏はこのあたりを蛍が飛び交うという。

寂しいどころか、茶屋の並ぶ遊興の地だった。

「さて、探すかね」

と、お巳よは牧場を見渡した。

「チョロ助じゃ力不足だったのかい？」

と、佐平次が恐る恐る牧場に足を踏み入れながら訊いた。

「あいつは喧嘩は強いんだけど、口がきれいなんだ」

「口がきれい？」

「いやしくないってこと。ネズミも一匹食べれば三日はほとんど何も食べない。今度の仕事にぴったりのヤツがいるんだよ。お数珠《じゅず》のポン太ってのが」

「なんだ、そりゃ？」

「ネズミをあっという間に十数匹、丸呑みにしたことがあるんだ。それで、胴体がネズミの入ったところがふくれて、数珠みたいになったんだよ。以来、通り名をお数珠のポン太と……」

「なるほど」

「それだけじゃないよ。ネズミを食ったばかりのネコも丸呑みしたことがあるんだ」

「げっ」

それは凄すぎて綽名《あだな》もつけられない。

「あいつなら、大店《おおだな》のネズミも全部、食べてくれるに違いないよ」

と、お巳よは自信たっぷりに言った。

だが、ヘビはいま冬眠中である。

来年の啓蟄《けいちつ》まで出てこない。

「寝てる子を起こすんだろ？」

「そうだよ」

「どこに寝てるかわかるのかい？」

「長年、飼ってると、あいつはどこに寝てるか、だいたいわかるんだよ」

これが、蛇《じゃ》の道はヘビというやつらしい。

敷地の真ん中あたりまで行って、

「お前さん。ここらに穴を掘ってみてくれるかい」

「いいとも」

「ヘビを傷つけないように頼むよ」

お巳よは心配そうに言った。

「穴のことはまかせてくれ」

お巳よが指差したところから一尺ほど離れたあたりを掘る。

最初に大きな錐《きり》のようなものを地面に差し込み、土の感触を確かめる。ヘビ穴でもあれば、土の手ごたえが消える。それがないのを確かめてから、鍬《くわ》でゆっくりと掘る。

二尺ほど掘ってから、ヘラで削るように横に進む。

佐平次はうつ伏せになったままの作業である。

ふいに、ぱらぱらっと土が崩れ、ヘビの巣穴が現われた。

中でとぐろを巻いて眠っていたのは、見たこともないような大きな青大将。

「でかっ」

思わず言った。

その声にお数珠のポン太がぴくりと身じろぎして、顔をこっちに向けた。赤い舌がちろちろっとした。

「うわっ」

佐平次は、思わず這《は》って逃げた。

ヘビを入れたカゴを背負った佐平次と、チョロ助の姉さんというヘビをたもとに入れたお巳よが本所緑町の長屋に帰って来ると、お栄がいまにも泣きそうな顔で長屋の路地に立っていた。

四十を超えた女の子どものような顔は、不吉な予感を漂わせる。

「どうしたの、お栄さん？」

と、お巳よが訊いた。

「あの爺い、まだ帰らないんだよ」

「弟子のところにでも泊まってんだろ」

佐平次が子どもに言い聞かせるように言った。

北斎の弟子たちも本所周辺に住む者が多く、遅くなるとそのまま泊まってしまうことがある。

「違うよ、こんなのが来てた」

お栄が紙切れを差し出した。

佐平次が広げて読もうとする前に、お栄は言った。

「爺いがさらわれちまったんだ……」

六

「あんたが北斎か」

と、言ったのは、歳《とし》は北斎と同じくらいではないか。ずんぐりむっくりの体形をした色の黒い男だった。

北斎はお栄の機嫌を取ろうと思って、竪川の向こう岸にあるうなぎ屋で、うなぎを四串《くし》買った。お栄の大好物なのだ。熱い飯にのせて一串分食ったあと、もう一串は飯とかきまぜ、茶漬けにして食う。うなぎの茶漬けなんてうまそうじゃないと言うやつもいるが、北斎自身も試した。以来、いつもこの食べ方をするようになった。

包みをぶらさげて二ツ目橋を渡ったところで、見知らぬやつらに声をかけられた。

「なんでえ」

と、睨《にら》みつけたと思ったら、当身を入れられ、気を失った。

気づいたら、ここにいたというわけである。

屋根裏らしい狭い部屋で、格子窓からは茜色《あかねいろ》の陽が入ってきている。

「わしは平賀源次郎と申す」

と、ずんぐりむっくりの男が言った。

「平賀？」

「源内先生の死後、養子になった」

「死後にな」

どうすればそういうことになるのかはよくわからない。

「あんたのことはともかく、おれをどうする気だ？」

「どうする気？　そりゃあ天下の北斎だもの、頼みたいことは山ほどあるさ」

「金はねえぜ。みな、おれのことをたいそうな金持ちと思っているみたいだが、借金の山だ。描くそばから返済に消えていく」

「直接、あんたから金をもらおうってんじゃねえ」

「じゃあ、なんだ？」

「そこらはこっちの言うとおりにしてもらう」

「わけのわからねえ野郎だぜ」

北斎はむっとして立ち上がろうとした。

　すると、部屋の隅にいたなめくじのようにべたっとした感じの男が飛びついてきて、北斎の肩をわしづかみにし、無理に座らせた。

「痛《いて》えな」

「怪我したくなきゃおとなしくしてな」

「ふん」

　北斎はそっぽを向いた。いかにも憎々しい。

「一世を風靡《ふうび》した北斎先生よ」

　と、平賀源次郎が言った。

「そんなことはしちゃいねえ。まだ、これぞという絵も描いちゃいねえ」

「こころざしはよし」

「ふん」

「だが、風韻というものが足りぬ」

「なんだ、そりゃあ」

「源内先生には、神韻縹渺《しんいんひょうびょう》たるものがあった」

「そうかね」

「そうかねとはなんだ。わしは、先生が三井の両替店に乗り込むとき、お供をした。

大名ですら頭を下げるという三井の当主に対しても、まるで自然に接した。会話はなめらかで座談がそのまま禅の極致に入ろうかというようすだった」

「ああ、そうかい」

北斎は話が苦手である。そこらで知人に会っても、世間話などもまずしない。

「仕事ができる人間なら、人格もあれくらいにならぬと」

ずいぶん神格化している。

だが、所詮は四十四、五年前に亡くなった人物である。

かなり歪曲《わいきょく》しているのではないか。

「まずは、北斎先生には、中村座の役者たちの絵を描いてもらいたい」

と、平賀源次郎は部屋の隅を指差した。

北斎の家から持ってきた筆や絵の具、紙などが並んでいる。愛用している規《き》（コンパス）や矩《く》（定規）までちゃんとそろっていた。

「役者絵かい」

嫌な顔をした。

「昔、写楽という絵描きがいた」

「ああ、知ってるぜ」

北斎が認めた数少ない絵描きである。

ただ、出来不出来がひどく、以前、佐平次が関わった大田南畝の死にぎわのできごとから、それが共同作業のせいだともわかっていた。

「写楽の絵を見て、歌舞伎好きはがっかりしたそうだ」

と、平賀源次郎は嬉しそうに言った。

「そうだったな」

あまりにも生の姿が見えて、夢を壊されたというのだ。

「ああいう絵を描いてくれ。役者の正体をさらけ出し、いっきに熱が冷めてしまうような絵を」

「売れねえぜ」

写楽もそうだった。異様さに度肝を抜かれたが、買って帰って、家に飾ろうという者は少なかった。

「評判になりゃあいいんだ。それで、歌舞伎の舞台に穴をあけてやる」

「おれは役者絵はもう描きたくねえんだ」

若いころ、役者絵はずいぶん描いた。

だが、評判はぱっとしなかった。

五十過ぎて、北斎の名も知れ渡ったころ、中村座の看板絵を描いた。今度こそ大評判になるかと期待したら、聞こえてくるのはさんざんなものばかりだった。

「もう一度、言う。ご免だ」

「じゃあ、北斎はいらねえ。死んでもらうしかないな」

さっくりした言い方である。こういうヤツはためらいもなく、ひどいことをする。

「描くよ、描けばいいんだろ」

と、北斎は慌てて言った。

絵にしてもまだぱっとせぬ役者かな

佐平次の長屋にエレキテル幻術一座のなめくじ野郎が来ていた。図々しい男で、入ってくるやいなや、茶を出してくれときた。もちろん佐平次は断わった。

「北斎を助けたいだろ?」

と、からかうように言った。親しくしていることはすでに知っているらしい。

「当たり前だろ」

「だったら、あんたにつくってもらいてえものがある」

「なにを？」

「うちの小屋まで来てもらいてえ」

ついていくことにした。

今日はよく晴れて雷雲もきそうにないし、爆弾はこいつらといっしょにいれば爆発することもないだろう。

両国広小路のはずれにその小屋はあった。

つくりは粗末だが、小屋の中は大きい。エレキテルが真ん中に鎮座しているのかと想像したが、それはどこにあるかわからない。

「ほう、すごいな」

佐平次は目を瞠《みは》った。

大道具ができている。巨大な屋根である。ちゃんと瓦も葺《ふ》いてある。

中村座あたりならともかく、こんな小さな芝居小屋ではめずらしい。もっとも立派にできているのは屋根の上だけで、そこから下は木組みや縄も丸見えになっている。

――これって……。

三井の屋根ではないのか。こいつらはあの屋根を模すために、屋根職人を装って、あそこにいるところを、北斎に見られたのではないか。

だが、そんなことは問い質《ただ》したりはしない。

呆《あき》れて見上げていると、ずんぐりむっくりした身体《からだ》つきの老人が、いまにも落ちそうになりながら、屋根裏から細い階段を降りてきた。

——北斎さんはあのあたりに閉じ込められているのか？

耳を澄ましたが、誰かが暴れたりしている気配はない。

「わしが平賀源次郎だ」

老人は偉そうに名乗り、

「素晴らしい舞台じゃろう？」

と、自慢した。

ほめるのも癪《しゃく》なので、その問いかけは無視し、

「芝居の演目は多いのかい？」

と、佐平次は訊いた。

「源内先生の傑作としては『神霊矢口渡』という義太夫が有名だ」

「ふうん」

「わしらは、いまのところ最高峰の作品を演じることは自ら禁じて、ほかに残した戯作などをもとに、三つの芝居をつくった。『根無草地獄めぐり』と『風流志道軒諸国《ふうりゅうしどうけんしょこく》

噺《ばなし》』と『放屁《ほうひ》論《ろん》春の宴』。この三つを持ちネタとして、日本中を興行しておる」

「ほう」

「同時に、源内先生が歩き、いろいろと仕掛けて回ったことを、われらが代わって実行しようという目的もある」

「というと？」

じろりと佐平次を見て、

「源内先生は頭脳明晰《めいせき》な人にありがちで、批判精神の発達したお人じゃった。ま、そのあたりは養子であるにもかかわらず、このわしもたっぷり受け継いだのじゃがな。つまり、この世を完璧なものだなどとはもちろん思っていなかった。ちょっとでもよいものにしようとお考えだった……具体的に言えば、西洋の学問をどんどん取り入れるべきだし、鉱物や生物、植物の研究を進めて、人々の暮らしに役立つものをつくっていくべきだろう。エレキテルのようなものさ。また、富があまりにも一部にかたよると、世の中をすみやかに回らなくなる。それには豪商や大名などから上手に富を掠《かす》め取り、世間にばらまいてやるのも有効なのさ。義賊の存在も必要だろうな。また、人々が金を使いたくなるような魅力のある商品もどんどんつくっていかなければならないのさ。もちろん、芝居だとか見世物など、面白い施設もこの世には必要なのさ……ま、そなたにそれ以上、言う必要もあるまい」

充分しゃべり過ぎている。

佐平次がお庭番だったら、こういう人物はさっそく尾行の対象になるが、いまは無関係である。むしろ、人命に関わること以外なら、興味半分でうっちゃっておく。

「じゃあ、おいらは何をする?」

「これを見てくれ」

なめくじ野郎が舞台の裏のほうから持ってきたのは、洗濯板をふた回りほど大きくした板で、横に車輪がついている。その上には、小さな米俵が載っていた。

「台車か?」

と、佐平次は訊いた。

「そうだ。この屋根から、そっちの窓までこの台車を飛ばしたい」

なめくじ野郎は客席の後ろを指差した。四間《けん》ほどあいだを開けて、後ろに粗末な窓がつくられてあった。この四間はおそらく三井の両替商のわき道の幅なのだろう。

「米俵を載せて?」

「載せるものは違うが、重さはほぼ同じにしてある」

「へえ」

「だが、そっちまでは飛ばない。源内さまの考えだと飛ぶ」

「ちっと見せてくれ」

木の車輪がある。回すと、回転は滑《なめ》らかである。

これで勢いよく屋根瓦の上を走る。屋根は庇《ひさし》のところで反り返っている。勢いさえあれば、宙を飛び、向こうの窓へ飛び込むことができる。

「だが、いかねえんだ」

やってみる。たしかに途中で落ちる。下に客がいたら、ぶつかって大怪我をする。

米俵を外してやってみる。今度も落ちたが、さっきよりは届きそうである。

「どうも車輪の穴の加減によるところが大きいらしい」

「なるほど」

「だから、お前にはその穴を改良して向こうまで飛べるものにしてもらいたい」

と、なめくじ野郎は言った。

「それだけで足りるかねえ？」

佐平次は首をひねった。

と、そこへ、

「兄貴……」

こいつらの仲間がやって来た。

「どうした?」

「この屋根を使って稽古をしたいんですが」

「おう、かまわねえ。やってくれ」

十人ほどの男女がぞろぞろと屋根の上に並んだ。

佐平次は台車のつくりを確かめながら、そちらもちらちらと気にした。

〽おならをしたけりゃ我慢しろ
文句を言いたきゃ我慢しろ
とかくこの世は我慢が大事

一人がいい声で歌い出すと、ほかはそれに合わせて、

〽いえいえそれはいけません
我慢は身体にいけません
ぷうぷっぷ　ぷうぷっぷ　ぷうぷっぷ　ぷう

と、客席に向けた尻を振りながら唱和する。先ほど言っていた『放屁論春の宴』という芝居らしい。

佐平次はこれを見て、思わず吹き出してしまう。

おそろしくくだらない。

そういえば、お巳よがこの一座を評してこう言っていた。

「初めて見ると、腹抱えて笑ってしまう。でも、金をもらっても二回目は見る気がしない。要は一発芸なんだろうね」

まさに、その舞台が眼前にあった。

佐平次は気を取り直し、

「平賀源内の図面はどうなってる？」

と、訊いた。

「源内先生の図面だと？」

平賀源次郎が顔をしかめた。

見せたくなさそうである。

今度のことはおそらくすべて源内の計画に沿っている。図面も計画の一部であり、それを見せれば隠したいことも明らかになる。計画のすべてを知られたくないのだ。

「学者は頭の中で考えるが、自分じゃそのとおりのものはつくれねえ。北斎先生が言っていたが、絵師が描いた浮世絵を想像どおりのものにするのは、彫り師や刷り師に頼るところが大きいそうだ」

「そうかもしれねえ」

「これも穴屋の腕があってこそだろうが。だったら、ちゃんとした元の図面を見せてもらいてえ」

強弁して、ようやく見せてもらった。

なるほど、台車が描かれている。

だが、ところどころに小さな書き込みがあった。もちろん平賀源内によるものだろう。

――これが肝心なんだ。

佐平次は目を凝らした。

七

佐平次が板の間に腹這いになって仕事をしている。

台車を床に押しつけ、シャーッと回転させると、それを真下や横から眺める。滑らかに回っている。

台車の車輪が回るさまを見ていると、なんだか不思議な楽しさが心に満ちてくる。穴を掘っているときの快感にも近い。何かがくるくる回るというのも、人の心の奥底を刺激するのだろうか。

「お前さん。こっちはうまく行ったよ」

と、お巳よがもどってきた。

「ほう」

「お数珠のポン太はやっぱり凄いよ」

越後屋から潮が引くように、ネズミが消えたらしい。

「たいしたもんだ」

「そっちも凄いね」

と、お巳よは台車を指差した。

台車は不思議なかたちになっている。

まな板に車輪をつけただけのものに、三角のかたちをしたものがつき、台そのものにも前から後ろに穴があいている。

「うまくいきそうかい?」

「微妙だな。向かいの家まで届くためには、車輪の回転をなめらかにし、台のかたちを変えてもぎりぎりだ」

「まあ」

「しかも、これがうまく行くと、やつらは金の獅子をかっぱらって逃げる。逆に失敗したら、北斎さんの命が危ない」

「ほんとだ。どうしたらいいんだろう?」

「こりゃあ、穴屋の仕事を超えちまう」

佐平次は頭を抱えた。


とりあえず、越後屋のあるじに挨拶することになった。

おせいの口利きと、ネズミの退治の実績で喜んで会ってくれるという。

いくらか緊張した足取りで、日本橋の越後屋に向かった。

通りを駿河町という。この入り口に立つと、左手に呉服の越後屋、右手に両替商の三井。そしてまっすぐ向こうに富士が見えた。

三井の旦那はさすがにたいしたものだった。

あれだけの店を運営し、札差やら新しい事業やらさまざまな仕事に目を配る。たしかに多忙なことは尋常ではなく、穴屋ふぜいが会って欲しいと言っても、会ってくれるわけがない。

「三井の当主、八郎右衛門でございます。このたびは当店の悩みを解決してくださって、ありがとうございました」

と、深々と頭を下げた。

当主は代々、八郎右衛門を名乗ると聞いている。

歳は四十ほどだろう。穏やかな笑みを浮かべた表情は、いかにも悠然とした大店のあるじである。

だが、三井は大店と言ってもそこらの大店とは桁《けた》が違う。元手十五万両とも言われる。大名でもほとんどは家臣に持っていかれ、そんなに財産はない。

それが毎年、どれほどの利潤を生み出しているのか。

そんな商売を、穏やかな笑みと悠然とした態度で切り回せるわけがない。裏の顔がきっとある。心には深い穴もある。

だが、いまはそのことはさておき、

「じつは話が……」

と、佐平次はこれまでのことを話した。

「越後屋が狙われている？」

「それも、平賀源内の弟子たちに」

「ははあ。たぶん、狙っているというのは純金の獅子像だと思います」

と、三井八郎右衛門はうなずきながら言った。

「そんなのがあるので？」

「正月からお目見えさせようといまは蔵にしまっています。じつはその獅子、五十年ほど前に平賀源内の勧めで計画したものだったのです」

「そうでしたか」

「あの方はたいへんに宣伝上手でした。土用の丑《うし》の日にうなぎを食うという習慣を広めて、うなぎ屋の売上げに貢献したのも平賀源内の智慧《ちえ》でした。越後屋というとすぐに思い浮かべるものをつくり、店の前に飾るといい——そういう忠告だったそうです」

「ほう」

「それをようやく実行できるというので、源内のゆかりの方にも報告しておきました。どうやらそれが裏目に出ましたかな」

と、三井八郎右衛門は言った。

「やつらは、その獅子を持ち出すつもりです」

「そんなことできますか」

「できるんです」

「驚いたな」

「おそらく平賀源内も最初からそうするつもりだったのだと思います」

図面の書き込みを見てもやはりそう思う。三井に純金の獅子をつくらせておいてからそれを奪う……。一座の連中はたしかに源内の教えを忠実に実行しているのだ。

「四、五十年がかりの計画でしたか……」

三井の当代のあるじは唸《うな》った。

「町方に相談しましょうか?」

と、佐平次は訊いた。

それがいちばん手っ取り早い。

「お待ちください。うちでも町方にはいろいろしてきています。盆暮れの付け届け、さまざまな援助。いざというときのためです。だが、世話にはなりたくない。お上は一度、世話になると、見返りを期待してくる。その量というか額というか、つまり世話になった分の二倍から三倍の見返りが要求される。だから、お上に借りはつくりたくないのです」

そのあたりの思惑《おもわく》が、たぶん裏の顔や心の穴に関わっているのだ。

「では?」

「なんとしてもうちうちで」

「そのほうがおいらたちも助かります」

「ほう」

「じつは、親しくしている絵師の葛飾北斎が連中に拉致《らち》されてしまいまして……」

うかつなことをしたら、当然、命が危うい。現に何度も殺されそうになっている。

「北斎さんが?」

「ご存じなので」

「直接はほとんど。あまり、人前に出てくる方ではないので」

絵描きや文人のなかにはどんどん世の中に出ていく人もいる。北斎はそれを好まない。

「気難しいですからね」

「ただ、うちのやつが裸の絵を描いてもらっていて」

おせいからは正式な妻ではないと聞いていたが、三井の当主はうちのやつと言った。かたちはどうあれ、本気で惚れているのは間違いないのだろう。

「見たんですか」

これはまずいかもしれない。あれを見たら、男は嫉妬《しっと》を押さえ切れないだろう。北斎がいちばん心配していたことは、やはり起きていたのかもしれない。

ところが、三井の反応は意外だった。

「北斎は天才です」

「はあ」

「あれだけの絵師はなんとしても守らなければ」

と、三井はきっぱりと言った。

八

北斎は必死で絵を描いている。

中村座の『天竺徳兵衛』である。年忘れ興行につづき、大好評のため新春興行では続編をやるという。おなじみの芝居だし、役者の顔も知っている。

だから、見ないでも描けるがそうかんたんにはいかない。

注文が注文である。写楽も真っ青になるほどの、舞台に穴があくくらい芝居好きを

がっかりさせる絵。

——やってやろうじゃねえか。

と、北斎は創作意欲をかきたてた。

隣りにはお栄がいる。

人質を志願してきたのだ。北斎の面倒を見るためと言って。

この前の喧嘩が後ろめたかったのだろう。

そのお栄が絵の具をとき、筆を並べた。

北斎はしばらく宙を睨み、天竺徳兵衛に扮した松本幸四郎を描き出した。

だが、すぐに紙を丸めて捨てた。気に入らない。

幸四郎は歌舞伎界きってのいい男である。そこはどうしようもない。ぶおとこにしたら逆に嘘になる。

だが、それをただのいい男にしたら芝居好きは喜ぶだけである。

軽薄ないい男。女なんて屁でもないと思っているいい男。そんな裏の気持ちがにじみ出ていたら、芝居好きもがっかりするだろう。

ささっと筆を動かす。

やっぱり気に入らない。何が駄目なのか。

幸四郎は女になんか目もくれない。自分を眺めているときがいちばん幸せなとき……。

幸四郎の前に鏡を置いてみた。

――いけるかもな。

北斎の筆は逆にゆっくりになってきた。

「北斎は絵さえ描いていれば幸せな人……」

と、よく言われたりする。

「ばあか。そんな能天気な野郎がどこにいる」

と、北斎は言いたい。

絵だって満足できればまだいい。だが、満足するなんてことはほとんどない。いつも、もっといい絵を描きたい。

しかも、絵を描くというのは、対象を見つめるだけでできることではない。ずっと見つめるうちに、かならず自分の心の奥が見えてくる。

穴屋じゃないが、穴の奥を見つめることになってしまう。

——これがつらい……。

だが、その自分の穴から、薄気味悪いお化けの絵も、傷だらけの英雄たちの絵も、そしてやたらと尖《と》んがった富士の絵も出てきたのである。

いまも、松本幸四郎を見つめながら、自分の心を見つめている。

それはゆがみ、鬱屈《うっくつ》し、おかしなかたちをなぞっていく……。

佐平次は本所緑町の家で作業をつづけている。

あいつらから小屋のどこかでやれと言われるかと思ったが、北斎ばかりか押しかけ
人質になった娘まで手中にあるので、佐平次は逃げないと踏んだらしい。

だが、仕事は難航している。

お巳よがときどき、心配してようすを見に来る。

一座の連中もしょっちゅう催促に来る。

「年内には完成させてもらわねえとな」

おいらの仕事を鏡餅かなんかといっしょにされても困る。

だが、できなかったときのことを考えると恐ろしい。

——どうやっても飛ばねえかもしれねえ。

今夜は無事かと期待しはじめたころ、悪事は夜になって動き出した。

「大変です、旦那さま」

夜勤の手代が飛んできた。

三井八郎右衛門はこのところずっと、両替商の二階に泊まり込んでいる。

「どうした？」

「番頭の忠兵衛さんが外に」

「なんだって」

二階の窓を開けた。冷たい大晦日の空気が、暖かくした部屋にどっと流れ込んできた。

「旦那さま……」

番頭の忠兵衛が、もう一人の男に喉のあたりに刃物を突きつけられながら、こっちを見上げていた。

「しまった」

三井八郎右衛門は呻《うめ》いた。

「しまった」

同じ場面を後ろ側から見ながら、佐平次もまた呻いた。

佐平次は、通りの反対側、道をはさんで両替商の前にある小間物屋の二階にいた。昨夜《ゆうべ》、例のものを完成させ、連中とくわしく打ち合わせをすると、そこに待機するよう言われたのだ。

佐平次のほかに、この店の老夫婦が縛られたまま横になっているし、佐平次を見張るふたりの男もいる。一座の若い連中で、こいつらはわけもわからず上の命令に従っているだけだというのはわかっていた。

だが、こいつらの言うことに素直に従うつもりはない。

こっちはこっちで反逆の準備を進めていた。

頼みの綱は、お巳よと凶暴な手下、すなわちマムシのチョロ助と、その姉である。やつらのいるところにもぐりこませ、一味の頭領である平賀源次郎に食いつかせることになっている。そのために、お巳よは両替商の中で、おせいといっしょにこっちの動向に耳を澄ませているはずである。

ただ、それはこじれたときの最後の手段で、その前に機会をうかがい、平賀源次郎の身を確保して、人質交換に持っていく。しかも、連中の計画はすべてお見通しということで、純金の獅子は諦《あきら》めさせる——これが最良の台本だった。

　そのためには、三井側はこれ以上、人質を取られたりしてはならない。そのため、当主は店に泊まり込み、屈強の手代たちをそろえて警戒に当たっていたのである。

　だが、店の中ばかりで、外の警戒を怠《おこた》っていた。

　いったん店を出た通いの番頭が狙われたのだった。

　番頭を脅しているのは、あのなめくじ野郎である。

「あるじの八郎右衛門はそこにいるな」

　と、なめくじ野郎が下から声をかけた。

「ああ」

　三井八郎右衛門は、二階の窓でうなずいた。

「向こうの家から矢がおめえを狙っているのは見えるか？」

　と、なめくじ野郎はこっちのほうを指差した。佐平次がいる隣りの部屋である。

　そっちには人質となった北斎とお栄のほか、頭領の平賀源次郎や一座の若い者が三、四人ほどいる。いや、それだけではない。おそらく顔を覆面で包んでいるだろうが、この計画に資金を提供した男、三井の凋落《ちょうらく》をもっとも望む男――札差の江戸屋頑蔵もひそんでいるはずだった。さらには江戸屋の子分とも言える材木問屋の池田屋貝五郎と海産物問屋の湊屋清兵衛がいてもおかしくはない。

三井八郎右衛門はこちらを見て、

「ああ、狙われているみたいだ」

と、答えた。声に怯《おび》えたようすはないからたいしたものである。

すると、なめくじ野郎は予想外のことを言った。

「狙っているのは、われらの頭領の平賀源次郎。平賀は弓矢の名人で、あそこからあんたの胸を貫くことができる」

あのずんぐりむっくりの老人が、弓矢の名手には見えなかった。

「そこから？」

薄暗いこともあって、四間の距離があると、命中は難しそうに見える。

「疑うだろうから、腕を見せてやる。向こうに両替の看板があるな。あのど真ん中に矢を射てみせる。よく見てろよ」

と、平賀源次郎の声がして、ひゅうんと弓弦《ゆづる》の音がした。

矢が看板のど真ん中に当たっていた。

「すごい……」

三井八郎右衛門は唸った。

「いまから、おれの言うとおりにしてもらう」

と、なめくじ野郎が下の道から言った。

「わかりました」

と、三井八郎右衛門は答え、周囲にいる手代たちにうなずいた。余計な動きはするなということだろう。

「三井の獅子をいただく」

なめくじ野郎がそう言うと、

「あれは当店の新たな守り神としてつくった純金の獅子」

と、番頭が叫ぶように言った。

「だから、くれと言っているんだ」

「あんなもの持ち出そうとしたら、下にいる店の者がいっせいに起き出して、寄ってたかって守ろうとする。あたしの命なんざ二の次ということになるでしょう」

と、番頭は笑った。

たしかにそうである。手代たちにはくわしい経過を伝えていない。だからこそ、ふいの事態には血気に逸《はや》り、番頭が予想したとおりになるだろう。

そうなれば、三井八郎右衛門の胸を矢が貫き、収拾できない混乱が始まって、事態は最悪となる。

だが、なめくじ野郎はうっすらと笑みを浮かべ、

「だから、持ち出さずにいただくのさ」

と、言った。

「なんだって？」

「穴屋、いるな」

こっちを向いた。

「へい、ただいま」

佐平次が下に降りて行き、なめくじ野郎の前に歩み寄った。手に台車を持っている。

ただし、二つである。

大晦日は新月で、月明かりはまったくないが、ほうぼうの提灯でうっすらいろんなものが見えている。

なめくじ野郎が佐平次を見て、

「おめえ、なんだってそんなに土だらけなんだ？」

と、目を瞠った。

じっさい、顔から着物から土だらけなのである。待っている合間にもっこをかついできたみたいである。

「それは、あとでわかる」

と、佐平次は言った。

「なんだと」

「いまはいいさ」

佐平次の態度に怪訝そうな顔をし、なめくじ野郎は、

「とりあえず、頼んだぜ」

「おう、まかせてもらおうかい」

佐平次はにやりと笑った。


ふたたび佐平次があらわれたのは、両替商の三井の屋根の上だった。あの北斎の絵の世界に、佐平次は立っていた。

「よおく見るがいいぜ。これが純金の獅子」

と、まぶしいほどのそれを下にいる者たちに示した。高さは一尺ほどだが、両手で抱えなければとても持つことはできない。

それから佐平次は台車を足に履いた。台車は下駄になっていた。

「おいらがこの像を持ったまま、屋根をくだり、はずみをつけて飛ぶ。やっぱり、人

の力が加わらないと、この距離は飛びこせねえ。平賀源内の絵図面にもそうした書き込みがあったのさ」

向かいの小間物屋の二階にいる連中のざわめきも聞こえてきた。

まさか、佐平次が下駄のようにするとは思っていなかったのだ。台車を二つ使って、さっと押し出してやれば飛べると説明していた。

「じゃあ、行くぜといきたいが、それにしても高い……」

佐平次は屋根のてっぺんに立ち、目まいをこらえた。さすがに三井の屋根である。長屋の屋根とは高さも周囲の景色も違う。いままで見たことのない異様な空間に身を置いている気がした。

「ここは一発、男の勝負だ」

佐平次は屋根に足を踏み出した。腰をぐっと落とす。

しゃああ。

車輪の回転は滑らかである。瓦のでこぼこもそうは気にならない。

矢のような速さで屋根の上を滑る。

「ひょお」

屋根が反り返り、佐平次はそこではずみをつける。身体が宙に浮いた。江戸の町並が眼下でいっそう広くなった。

そのとき、佐平次の背中に三角のかたちをしたものが生えた。というより、紐《ひも》を引っ張って、背中に開けておいた隙間から引っ張り出したのだ。それは、板でつくった翼だった。ただし片方しかなかった。

まっすぐ宙に浮かんだ佐平次の身体が、ふわっと左に傾いた。同時に、つうっと向きを変えた。

片方にしかない翼のせいだった。

そのまま風に乗った。

夜の闇を、片翼の穴屋が行く。

「あ、こら、どこへ行く」

窓辺で平賀源次郎がわめいた。

「隣りの部屋に……」

というつもりだったが、それだと三井八郎右衛門の胸が貫かれてしまうのに、空中で気がついた。

咄嗟《とっさ》に純金の獅子を投げた。

獅子が吠えたように思った。

それは過《あやま》たず、窓辺で弓を構えた平賀源次郎の顔に激突した。

「むぎゅっ」

平賀源次郎が気絶するのがわかった。

もう、三井八郎右衛門を狙う者はいない。

だが、すでに方向を変えた佐平次は、隣りの部屋へと飛び込んだ。

慌てて立ち上がり、外を見る。

「くそっ」

と、なめくじ野郎が刃物を番頭にふりかざした。番頭の顔がゆがみ、禍々《まがまが》しい刃物の光が走った。

「いまだ。お巳よ、綱を引け」

と、佐平次が叫んだ。

そのとき、凄《すさ》まじい地響きが駿河町一帯に轟《とどろ》いた。三井の前の土地がおよそ三間四方分ほど陥没したのである。

なめくじ野郎も、番頭の忠兵衛も消えた。

「忠兵衛さん、大丈夫か」

穴を見下ろして佐平次は訊いた。

「ええ。大丈夫ですが……」

そのわきでは、なめくじ野郎が土にまみれ、呆然《ぼうぜん》と横たわっている。何が何やらわからなくなり、刃物を振り回す気力も失《う》せたらしい。

「落とし穴は得意中の得意でね。この仕上げをするので、さっきまで大忙しだったぜ」

と、佐平次が嬉しそうに笑った。

十

ほかに連中の仲間はいたけれど、お巳よが投げ入れた二匹のマムシを見ると、身動きすらできなくなった。さらに、平賀源次郎となめくじ野郎が観念すると、へなへなと座り込んでしまった。

縛られた平賀源次郎となめくじ野郎を指差し、

「こいつらの始末をどうするおつもりで？」

と、佐平次は三井の当主に訊いた。

「やはり町方に突き出すべきですよ」

と、お巳よが言った。

「町方に？」

三井八郎右衛門は眉をひそめた。

この連中は北斎の命と、三井の宝を狙った。どちらも失敗こそしたが、明らかな悪事である。

そのために、江戸で爆弾を使い、毒性のある煙りをまき散らし、雷を誘導して北斎の家に落とした。

物騒なこと、このうえない。

しかも、事故死かもしれないが、やつらの仲間が一人、爆弾で死んでいる。

「これは放っておくわけにはいかないでしょう？」

お巳よは憤《いきどお》ったように言った。

たしかに正論である。三井の都合だけに合わせるのは、道理に反するだろう。

「だが、頭領の源次郎は、もう長くないぞ」

と、北斎が言った。

「そうなんですか？」

「あの顔色は死病だ。始終、痛みをこらえている」

「へえ」

たしかに黒い肌の下に、気味の悪い黄色が隠れたような嫌な色になっている。

「源次郎を欠けば、残りの多くは田舎芝居の役者どもだ。脅して江戸から追い出してしまえば、もどって来ることもないのではないかな」

と、三井八郎右衛門は言った。

「ただ、三井の旦那。逃げたのが一人いますぜ」

と、佐平次は言った。

案の定、覆面をした男が、風向きが変わるやいなや、ここから飛び出していった。深川の漢玄寺の腕比べのときに見た男である。

「わかってます。江戸屋頑蔵です。あんな札差の一人や二人」

三井八郎右衛門はにたりと笑った。嫌な笑いだった。

その冷たい笑顔に、おせいの顔がさっと翳《かげ》った。だが、この笑顔というのは、莫大な財産を得た者の足元にかならず開いてしまう穴の一つなのだ。

江戸屋はまもなく、貸し金をすべて三井に肩代わりされ、やがてそこから逆に母屋ごと乗っ取られていくだろう。

三井に対抗するにはまだまだ力不足だったことを思い知るはずである。

「じゃあ、そういうことにしますか」

と、佐平次は言った。

すべてすっきり解決……などということは、この世では起こりえないのである。傷つく者が少ないほうが、良策ということにしよう。

「おや、これは？」

北斎が描いていた役者絵を三井の旦那が見た。

「おっと見られちまった。脅されて仕方なく描いたんだ」

「不思議な意匠ですな。面白いですよ」

「描くうちに、どんなものでもムキになっちまう」

と、北斎は照れたように言った。

それは佐平次もわかる。

「第二の写楽、いや、もっと凄い」

後世の者が見たら、ピカソの人物画を思い起こすことだろう。

三井の旦那の目に、欲の輝きが現われた。

北斎はそれをくしゃくしゃっと丸めた。

「あ、勿体《もったい》ない」

三井の旦那が言った。

いまとなっては誰にも見せたくないらしい。

「旦那。もうじき、初日の出ですよ」

と、手代の一人が言った。

「おお、そうだ。ここの三階から朝日がよく見える。さ、拝みましょう」

ぞろぞろと、そっちに向かった。

「ああ、快晴とはいかねえな」

と、北斎が言った。

東の空は曇っていた。だが、ちょうど陽がのぼりきるころに、雲が晴れた。赤く焼けた丸い陽が、江戸の町の隅に浮かんでいた。

この一年の最初に見るお天道さまが、なんだか空にあいた穴のように見える。

「お巳よ、拝むぜ」

「あいよ、あんた。富くじは全部、駄目だったから、運は今年に回ったよ」

「そいつぁあ、ありがてえや」

佐平次は大きな音を立てて、空の穴に向け柏手《かしわで》を打った。

本書は２００９年12月徳間文庫として刊行された『穴屋佐平次難題始末　幽霊の耳たぶに穴』を新装版刊行にあたり改題しました。なお、本作品はフィクションであり実在の個人・団体などとは一切関係がありません。

徳間文庫

穴屋でございます
幽《ゆう》霊《れい》の耳《みみ》たぶに穴《あな》

2017年4月15日 初刷

著者 風《かぜ》野《の》真《ま》知《ち》雄《お》
発行者 平野健一
発行所 株式会社徳間書店
東京都港区芝大門二—二—二〒105—8055
電話 編集〇三(五四〇三)四三四九
販売〇四八(四五一)五九六〇
振替 〇〇一四〇—〇—四四三九二
印刷 株式会社廣済堂
製本 株式会社廣済堂

ISBN978-4-19-894222-9 (乱丁、落丁本はお取りかえいたします)